バー・リバーサイド

吉村喜彦

ハルキ文庫

角川春樹事務所

Bar Riverside

CONTENTS

花の酒、星の酒

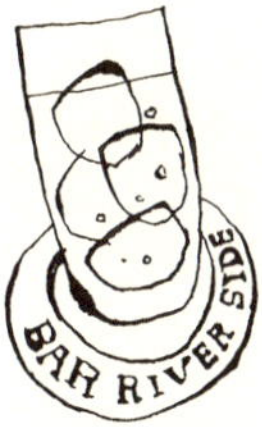

Bar Riverside

蟬《せみ》の声が暑さをあおり立てている。

傾きかけた陽《ひ》の光が、油のように多摩川《たまがわ》沿いのまちに注がれていた。

冷房嫌いの川原草太《かわはらそうた》は、一階の窓を開け放って涼《りょう》をとっていた。

土手《どて》に繁茂《はんも》する背の高い草が、ときおり風に揺れる。

そろそろ店のエアコンをつけにいくか。

外《そと》階段を上がって、二階にあるバー・リバーサイドの木製の重い扉を開けると、熱気をはらんだ空気がからだを包みこんだ。

あわててエアコンのスイッチをオンにする。

今日は、八月十五日。

いつもより早起きし、正午の時報とともに戦没者《せんぼっしゃ》に手を合わせた。

まもなく若い新垣琉平《あらかきりゅうへい》がやってきて、ボトルやグラス、カウンターの真鍮《しんちゅう》製のバーやドアの取っ手までぴかぴかに磨《みが》き上げる。店の中と外をきれいにすることはバーテンダーの基本だ。

川原はバーの階段をおり、土手にのぼって多摩川の流れを見つめる。

両手をあげ、背伸びをし、深呼吸する。

強い陽光を浴びて、坊主頭《ぼうずあたま》がぴかりと光った。長身痩軀《そうく》だが、逆三角形の上半身、上腕《じようわん》や肩の辺りには適度に筋肉がつき、すらりと長い脚が伸びていた。

先日の雨のせいか、すこし水量は多い。

子どもの頃に比べてすっかりきれいになったこの川に、ことしも鮎《あゆ》がたくさん上ってきた。

油蟬《あぶらぜみ》に混じって、ときおりツクツクボウシの声も聞こえてくる。

あまりの暑さにこのところ睡眠不足が続いているが、秋は確実に近づいている。もうすぐ、ゆっくり眠れる日もやってくるだろう。

六十歳を越えてから、からだが季節の変化にうまくついていけない。いくら眠っても節々《ふしぶし》のこりがとれない。夜中も尿意《にようい》でたびたび起きてしまう。

京都で学究《がつきゆう》暮らしをしていたのも、つい昨日のことのようだ。友人たちも京都を離れ、今はちりぢり。なんだかんだがあって、気がつけば女房に逃げられ、いまは二子玉川《ふたこたまがわ》で小さなバーをやっている。

川原は、今日も、庭の片隅にある井戸の前で手を合わせ、水を一杯飲む。

冷たくて、美味《うま》い。

水商売をしている自分に課した、毎日の儀式である。井戸の水はもちろん多摩川につながっている。このあたりは地下水が豊かなのだ。

毎週土曜日はいつもより一〇分早く、午後四時五〇分には店を開ける。

常連のうどん屋店主・井上孝良《いのうえたかよし》が開店時間より必ず少し早めにやってくるからだ。

以前なんどか井上を店の外で待たせたことがあり、申し訳ないのでちょっと早めに開けることにした。土曜だけの特例である。

井上は、玉川髙島屋の裏で、創作手打ちうどんの店「よかばい」を営《いとな》んでいる。

毎日、午前零時に起きて朝まで一人でうどんを打ち、その後、少し仮眠をとって店を開ける。睡眠は四時間足らず。休みは日曜のみ。麺《めん》から出汁《だし》まですべて手作りなので、売り切れごめんで通している。

一週間の仕事を終えた井上はしばしの気晴らしにバー・リバーサイドに立ち寄る。土曜だけは酒を飲むことを自分に許しているのだ。

＊　＊　＊

日が傾き、蝙蝠《こうもり》がひらひら舞いだした頃、井上がバー・リバーサイドの扉をさっと開けた。

少し白いものが混じった短髪。中肉中背だが、ジーンズのももの辺りは若々しくぱんぱんに張り、「プレイボーイ」のウサギ・マークの入ったグレイのTシャツがよく似合っている。とても七十歳には見えない。目つきも鋭く、初対面の人は井上を堅気《かたぎ》とは思わないだろう。

「これ、お土産《みやげ》ね。てぬきうどんやけど」

太い腕をにゅっと伸ばして、手打ちうどんの袋を琉平に渡す。「お盆はさすがにお客さん、少なかもん」

ちょっとはにかんで笑うと、少年のような顔になった。

「ありがとうございます。貴重なものを」

カウンターの向こうで、マスターと琉平、二人してお辞儀《じぎ》をする。

マスターの川原草太は、黒いシルクのシャツに折り目のぴんと入った黒のスラックス。実際は六十代前半だが、年齢不詳に見える。

若い方のバーテンダー新垣琉平は、糊《のり》のきいた白いシャツ、黒のカマーベストをきりっと着こなし、髪の毛をオールバックになでつけている。年の頃は三十前後、清潔感漂うイケメンである。

L字型になったカウンターは7席。バーテンダーの後ろにある横長《よこなが》の窓ガラスからは、広々とした川景色《かわげしき》が切り取った絵のように見渡せた。

「いつ来ても、眺めのよかねぇ。気分が安《やす》らぐっちゃん」

と言いながら井上はスツールに座り、「ここに来るまでのタイム、どんどん早なるっちゃね。ウォーキング始める前の半分くらいばい」

赤いバンダナを取り出して汗をぬぐう。

「井上さん。いつからウォーキング始めたんでしたっけ？」琉平が訊《き》く。

「もう三年になるたい。検診受けたら、血糖値《けっとうち》がえらい高かったんよ。医者に、運動せえ、言われてね」

「数値、さがりました？」

最近、ちょっと健康が気になりだしたマスターが訊く。

「そんなもん、あっという間よ。やりはじめると面白《おもしろ》うて、すっかりのめり込んだっちゃ。歩くのとうどん踏むのと、よう似とろうが」

「大将、のめり込みやすい性格ですもんね」

琉平が余計なことを言いながら、冷たいおしぼりを出した。横に立つマスターの広い額《ひたい》にかすかに青筋《あおすじ》が立ち、琉平にきつい視線を送った。

「そうたい。酒にも女にものめり込むタイプばい」

井上は頓着《とんちゃく》せず、大きな声で笑って、おしぼりで汗をふく。

暑い日は、やっぱジン・トニック。ちょっとソーダで割ってね、とオーダーする。

「かしこまりました。ジン・ソニックですね」

受けたのは琉平だが、手早く作りはじめたのはマスターだ。

よく冷やした10オンスタンブラーに氷を入れ、冷蔵庫から白い霜《しも》のついたゴードン・ジンを取り出して注ぎ、ライムをキュッと一搾《ひとしぼ》り。つめたいトニック・ウォーターとソーダで満たして、最後に1回軽くステアした。

さわさわ弾《はじ》ける炭酸の音とジンとライムの爽やかな香りが五感を刺激し、井上は思わずごくんとのどを鳴らした。

井上は琉平のカクテルを絶対に飲まない。

琉平はカクテルコンペで優勝するほどの実力をもっているが、必ずメジャーカップでアルコールの量をはかる。それが井上には気にくわない。

琉平クンは上手《じょうず》やけど、遊びっちゅうもんがなか、と井上はよく言う。

「寿司を握るのに、誰もしゃりの大きさ、秤《はかり》ではからんばい」

井上孝良は玄界灘《げんかいなだ》に面した、福岡県の小さな町で生まれ育った。神童《しんどう》といわれるほど頭は良かった。すばしこくて腕白《わんぱく》で、悪戯《いたずら》してはバケツをもって廊下に立たされた。喧嘩《けんか》も強かったが、すべて相手から売られた喧嘩。いじめられている友だちを救うことが多かった。

弱きを助け、強きをくじく——それが少年時代から変わらぬ、井上のポリシーだ。

高校卒業後、神戸の穀物《こくもつ》取引市場で働き、持ち前の頭脳で好成績をあげ、昇進も早かった。が、管理職になった途端《とたん》、やる気がなくなった。子どもの頃から、切った張ったの現《げん》場《ば》が好きだったからだ。

その後、東京に出て、義兄《ぎけい》の経営する精密プレス工場で働くも、自らの不注意で右の人差し指の先を切断。工場の仕事ができなくなり、泣く泣く退職。さてどうしようかと迷いつつ喫茶《きっさ》学校にも通ったが、これからの時代、喫茶店で暮らしをたてるのは難しい。何か食べもの商売をするか、と考えているときに、たまたま知人からうどん屋の主人を紹介された。

狭い厨房《ちゅうぼう》で汗水たらして働く職人の姿に、井上は「これは！」と直感した。うどんは子どもの頃からの好物だった。

「博多《はかた》では『うろん』言うとったんよ」

琉平の出してくれた冷たいおしぼりで顔をぬぐって、

「ま〜るい麵《めん》でね。高校に通うようになってからは、外食といえば『うろん』。お金ないから、素《す》うろんよ。テーブルの上に置いてあるタダの青ネギい〜っぱい掛けて、唐辛子《とうがらし》ばっかばっか振りかけて食べるっちゃん。これがうまくてね。いっつも汁が真っ赤になってたばい」

「聞いてるだけで、その素うろん、おいしそうですね」

琉平が唾《つば》を飲みこんで言う。

「わたしのうろんの原点やね」にこっとする。

井上は、黙々と働く職人の仕事を見て、うどん屋は自分向きだと思った。努力がすぐさま売上げに跳《は》ね返ってくるのが、明快で好きだった。

うどん屋になると決めてからは、あちこち店を見て歩いた。でも、ほんとうの手打ちは少なかった。ことごとく「なんちゃって手打ち」や「手打ち風」だった。

「わたし、なんでも、風《ふう》はダメなんよ」井上はきっぱり言う。

しかし、どこかに就職しなければ食べていけない。

毎日ハローワークに通い、渋谷のうどん屋を紹介してもらい、脇目《わきめ》も振らずに働いた。そして半年も経《た》たぬうちに、いきなり店長に抜擢《ばってき》されたのだった。

「お客さんの顔と注文したメニュー、ぜーんぶ覚えていたんよ。わたし、店にいらしたお客さんにニコッとして『いつものですかあ？』って訊いてたんよ。そんなふうにされると、お客さん、気分いいでしょ？　そういうわたしの接客をオーナーがちゃんと見とったんやね」

店は渋谷のファッションビルにあったので、女性客が多かった。

「わたし、とくに女性に親切やから、どんどんファンが増えよった。店長になってから、なんと売上げ二割アップ。昼間なんか行列よ。で、ますます調子に乗って、新しいメニュー開発したわけ」

「新しいカクテル作るみたいなもんですね」

琉平が口をはさんだ。

井上は、そうたい、と言ってうなずき、

「太いうどんをパリパリに揚げてあんかけにした皿うどん、万能ネギを散らして油揚げを刻んで載《の》せたうどんとか、次から次へとレシピ考えたばい」

創作メニューは、とくに新しもの好きの若い女の子から支持された。

「——じつは、当時、わたしのファンクラブ、あったんよ」

井上が鼻をうごめかせて言ったので、琉平がプッと吹き出した。

「こらっ、琉平、なんば笑《わろ》うとる！」

「いえ、その……」

「だけん、これ、ほんなこったい。一五〇人くらいおったかねえ。バレンタインになると、みんなチョコレート持ってくるわけ。大きな紙袋四つくらいもらうんよ。ジャニーズのごたぁばい。ばってん、一人で食べ切れんから、施設《しせつ》に送ったり親戚《しんせき》に配ったり」

マスターも笑いを噛《か》み殺しながら、

「しかし、お返し、たいへんだったでしょ？」

「そうたい」井上は自慢げにうなずき、

「それがおおごとやった。ハンカチにキャンデーつけて、もろうた人に漏《も》れなくお返ししよったけどね。一〇人で一個のチョコをくれた人らにも、ちゃあんと一人ひとりお返ししよったら、結局十五万円もかかったちゃ。家内《かない》からは『チョコレート、こんなに持って帰ってこないでよ』ってプンプンされるしね」

井上はジン・ソニックのグラスを一気に空《あ》け、「うまかあ！」と言って、手のひらで口をぬぐった。

＊　＊　＊

「井上さん。お店に手打ち免許皆伝状《かいでんじょう》が飾ってあるじゃないですか？」

とマスターが訊《き》いた。

「あれなあ？　ありゃ、わたしのお守りたい。渋谷のうどん屋時代の後輩が『独立されるなら、やっぱ本場の讃岐《さぬき》で勉強した方がいいですよ』って、彼の郷里《きょうり》のうどん屋を紹介してくれたっちゃ。そろそろ勝負せにゃ、とわたしも思とったけん、その思いばオーナーに伝えたら、『井上は個人経営向きだな』って了承《りょうしょう》してくれてね。で、さっそく四国に修業に渡ったんよ。三十五歳のときやった」

出発の日。勢い込んで新幹線に乗ったが、京都を過ぎたときに、お土産《みやげ》を買い忘れたのに気づき、途中の新大阪駅でプラットフォームに降りた。

お土産物をあれこれ迷ううち、発車ベルが鳴り出した。

あわてて財布をジーンズの尻ポケットに突っこみ、列車に戻ろうとしたそのとき、後ろからドーンと身体《からだ》ごとぶつかってきた男がいた。

「なんや、こん野郎！　と思うたばってん、ベル鳴りよるから、大急ぎで新幹線に飛び乗った。そしたら、なんと、財布のなかんばい。虎の子の七十万円、あっという間にすられてしもた」

車掌《しゃしょう》と交渉し、新神戸で緊急停車してもらい、井上は新大阪に取って返した。警察に駆《か》け込み、財布を探してもらったが、当然、出てくるわけもない。

高松では修業先《しゅぎょうさき》のうどん屋の師匠が首を長くして、井上の到着を待っている。

まいった……。

しばらく呆然《ぼうぜん》と立ち尽くすうち、東京にいる奥さんに電話して、近くの銀行に振り込んでもらうことを思いつき、どうにか金を工面《くめん》して、やっと四国に向かった。

「そんときに宇高《うこう》連絡船のデッキで食べた手打ちうどんの美味《うま》かったことぉ。潮風《しおかぜ》に吹かれながら立ち食いした二〇〇円の素うどん……。あの味は一生、忘れん。あんときばかりは、お金を盗《と》られたこともすっかり忘れたっちゃ。修業先で食べたうどんより、ずっとうまかったよ」

手打ち修業がはじまった途端、レベルの違いにショックを受けた。

いままで自分の作っていたうどんは、素人《しろうと》に毛の生えた程度だった。

うどんの生地《きじ》を空中でピザみたいにグルグル回しながら、それをつかみ取っては、手で打っていく――そんな技も初めて知った。

毎晩ホテルに帰ると、ビール瓶にタオルを巻き、それをうどんに見立て、空中に放《ほう》り投げてはつかむ練習を繰り返し、気がつけば午前二時。一時間ほど眠り、三時過ぎには店に入った。

「いくらがんばって練習しても、本番になるといっつも失敗よ。師匠《ししょう》からは『こんなうどん、お客に出せるか！』と容赦《ようしゃ》なくゴミ箱に捨てられるし……」

「失敗したものはあっさり捨てないと、上達しないですね」

マスターが真剣な顔つきで相づちを打った。

あるとき、井上は「いっぺんお客さんの前で打ってみろ」と師匠に言われ、たくさんの目が見つめるガラス張りの部屋でうどんを打つことになった。

緊張して身体《からだ》じゅう汗びっしょり。膝《ひざ》も腕もガクガクで、思わず汗がうどん生地にぽたりと入ってしまった。

「『やばか』と思うたばってん、もう遅《おそ》か。だって、わたし、完璧《かんぺき》に酔っ払っていてフラフラなんやもん」

「酔っ払ってる？　仕事中にお酒飲んでるんですか？」

琉平が怪訝《けげん》な顔をして、すかさず訊《き》いてきた。

「そうよ。毎朝うどん打つ前に、必ずワンカップ飲まされるんよ」

井上が口をとがらせた。

「そりゃ、ひどい」マスターも不審《ふしん》そうな表情を浮かべた。

「師匠に飲まされるったい。『酒飲まんと仕事もできん！』って」

「それ、完璧にイジメじゃないですか」琉平が鼻の穴をふくらませた。

「そういう世界なんよ。なんや知らんけど、そうやって気合い入れるんやなかと？　昼近くになると、ま～た飲まされるんやもん。ボーッとしよったら、下で煮え繰りかえっとる釜《かま》ん中に顔や手ぇ突っこんでしまう。それでも、ちゃんとやらんといかん。それが職人の仕事ばい」

マスターと琉平は、それぞれ曖昧《あいまい》にうなずいた。

「で、半年間の修業を終えて、やっとのことで貰《もろ》うたのが、さっきマスターの言うとった免許皆伝状たい」

四国から帰った、その年の暮れ。

井上は、二子玉川に念願の「手打ちうどん・よかばい」を開店したのだった。

＊　＊　＊

「どうして二子玉《にこたま》だったんですか？」

琉平が井上に訊く。

「ん？　蝙蝠《こうもり》のおったからばい」

琉平は首をかしげた。

「初めて駅に降りたったんも、ちょうど夕暮れどきやった。蝙蝠が何匹もひらひら飛んどった。あっちへふらふら、こっちへふらふら……あのふらつぃとぉ飛び方の好いとっちゃ。わたしの人生そのものばい」

そう言って、井上は、

「中州《なかす》に敬意を表して、次は、マンハッタン、もらえるかい？」

「かしこまりました」マスターと琉平が声をそろえてこたえる。

「博多も中州ばい。言うてみれば、この店も多摩川と野川《のがわ》の中州にあるやろ？　マンハッタンもハドソン川ん中州ばい」

マスターが「たしかに……」とうなずき、

「そういえば、蝙蝠の動き出す『たそがれどき』って昼と夜のあいだ、いわば中州みたいなもんですよね」

「そうや、そん通り。中州はたいせつばい。わたしは、どげんも間《あいだ》の好いとうごたあ。女の子の股《また》ん間《あいだ》も好いとうよ」

井上がニカッと笑う。

マスターがミキシンググラスを取りだし、氷でそれを冷やし、ビターズを2ダッシュ。そこに冷凍庫から取り出したライ・ウイスキー、さらにスイート・ベルモットを注ぎ、素早くステア。氷の涼《すず》やかな音が、カラカラと静かな空間に響く。

「長いスプーンみたいなのでくるくる回しとるけど、それ、バランス難しかろう？」

井上が真剣なまなざしでマスターの手つきを見つめながら、訊く。

「ま、慣れですけど、井上さんがビール瓶にタオルを巻いて、うどんの手打ち練習をしたのと同じように、ステアの練習って何度も何度もやるんですよ」

マスターが静かにこたえ、出来上がったカクテルを円錐形《えんすいけい》のグラスに注ぐ。

赤いマラスキーノ・チェリーをピンに刺し、そっとグラスに入れる。

そうして、グラスをすっと井上の前に滑《すべ》らせた。

「ほんなこつ、琥珀色《こはくいろ》ん中の真っ赤なチェリーの美しかあ。チェリーが若い女の子ん乳首がごたあ見えて、そそられるっちゃ」

液体をこぼさぬよう注意深くグラスをひき寄せ、ひとくち啜《すす》った。

「やっぱぁ、うまか！」

マスターと琉平は一瞬、目を見交《みか》わし、うなずきあった。

「おいしさはエロスばい」

グラスを目の高さに上げ、井上が白い歯を見せた。

＊　＊　＊

「明日も歩かれるんですか？」

マスターが小皿に入った皮つきピーナッツを井上の方に置きながら、訊《き》いた。

「日曜はいつもの四〇キロ・コース。羽田往復」

井上が口を大きくあけ、すかさずそこにピーナッツを皮ごと放《ほう》り込む。

「よ、四〇キロ？」琉平が素《す》っ頓狂《とんきょう》な声を出した。「あぎじゃびよー」

「なん？」井上がピーナッツを嚙《か》みながら、顔を上げる。

「沖縄で、びっくりしたときの言葉なんです」

マスターが落ち着いて説明する。

琉平がちょっと照れくさそうに、

「四〇キロって、マラソンの距離ですもん」

「川沿い歩いて往復するんが好きなんよ。多摩川にはシラサギの大群《たいぐん》おったり、カワセミやカモもおる。早朝にはアゲハチョウがたくさん舞ってたり……自然がまだまだ残っとるたい」

「この近くの岡本の民家園《みんかえん》には夏になるとホタルも飛び交《か》いますしね」

とマスター。

「そういやあ、丸子《まるこ》川《がわ》でクレソン生《は》えとるんも見たばい。わたし、子どもの頃はね、福岡の家の近くの川でウナギをよう捕《つか》まえたもんよ」

「へえ。そんなにきれいな川があったんですね」琉平が目を丸くする。

「昭和三〇年代のことやけんね。ばってん、あん頃から、川の上流に行くんが好きでね、じつは多摩川もさかのぼったことがあるっちゃ」

ある夜、井上は思いたって、高尾《たかお》山《さん》まで歩いたのだという。

「わざわざ、夜、歩くんですか？」

琉平が首をひねった。

「わたし、普通のひとと生活時間、真逆《まぎやく》やから、もっぱらウォーキングは夜中になるんよ。ばってん、あんなに夜道が怖《こわ》いと思うたことはなかったばい。山ん中は一寸先《いっすんさき》も闇《やみ》。懐中電灯で照らしながら歩きよったけど、風が強《つよ》うて、山が獣《けもの》みたいにごうごう唸《うな》りよる。高尾山はパワースポットやばってん、あちこちに浮かばれん霊《れい》もうろうろしとると聞いとったから、途中でだんだん怖なってきてね」

井上の話に相づちを打ちながら、琉平がぶるっと身震《みぶる》いして、

「そういう話、むかしっから寒気《さむけ》がするんです。沖縄にもぜったいに近づいちゃいけない

所、たくさんあるんですよ」

「わたし、怖いからどんどん早足《はやあし》で歩きよったら、突然、誰かにトントンって肩たたかれた気ぃして……びっくらこいて失神しそうになりながら、慌《あわ》ててあたりを懐中電灯で照らした。そしたら、光の先にずらーっとお地蔵さんが並んどった」

「山に入るなってことだったんじゃないんですか？」

琉平が怯《おび》えた様子で言った。

「ばってん……途中で引き返すんは男らしゅうなかやろうが、前だけ見て、川に沿ってずーっと上り続けた。ほんでも、進めば進むほど道はどんどん狭《せま》なるし、樹《き》の根っこが蛇《へび》みたいにのたくっとって、ちょっとでも気《き》ぃ抜くと脚とられよる。そのうち、いつのまにか川の音は小《ちい》さなって、こんどは足元《あしもと》が水でグショグショにぬかるみはじめよった」

「いったい、川はどこへ消えちゃったんですか？」

とマスターが訊《き》いた。

「ほうよ、そこなんよ。で、そん足元の水はどっから来《き》とるんやろって辿《たど》っていくと、びっしり苔《こけ》の生えた山肌《やまはだ》からぽとぽと水滴《すいてき》が落ちとったんよ。なんと、これが多摩川に流れ込んでいたんやね」

マスターは、ほう、と感心して、

「そのしずくが集まって、この多摩川になってるんですね」

背後の窓の向こうを振り返り、少し蛇行《だこう》しながら、夕映《ゆうば》えに赤く染まった川面《かわも》を眺めやった。

「それから、『よっしゃっ！』って最後の力を振りしぼり、急なはしごみたいな坂をやっとこさ上って、なんとか山頂に立ったら……」

井上は遠くを見るようなまなざしになって、少し間《ま》があいた。

「立ったら？」

マスターが訊く。

「星をいっぱいちりばめた宇宙ん中《なか》にふんわり浮かんでるごたあった。そこから見た東京の街《まち》んあかりの、もう、すごいのなんの。今でも忘れられんたい。ばってん、どっかで見たような風景やなあ、と」

＊　＊　＊

井上は十歳の夏、酔っ払い運転のトラックにはね飛ばされ、肋骨《ろっこつ》三本と大腿骨《だいたいこつ》を骨折する瀕死《ひんし》の重傷を負い、病院に担《かつ》ぎ込まれたことがあった。

緊急手術を受け、舌を5針、頭を12針縫って、集中治療室に入れられた。

「意識がないのに、ベッドに横たわる自分や周《まわ》りのおふくろたちの姿がはっきり見えるんよ。あれ、わたしが天井の隅から見とったんやね。みんながわたしを一所懸命呼び続ける声もぜーんぶ聞こえとる。ばってん、その光景がなんや他人事《ひとごと》みたいに思えるっちゃ」

酸素《さんそ》マスクがはめられ、ベッドの周りにはチューブがたくさんぶら下げられ、医師と看護師は脳波と心電図を真剣な面持《おもも》ちで見つめながら、ひそひそ話していた。

「それって、幽体離脱《ゆうたいりだつ》じゃないですか」

琉平が身を乗り出した。

井上は、ほうなんよ、と言って続ける。

「そうするうち、突然、身体《からだ》がものすごいスピードでひゅーっとトンネルに吸い込まれて、気《き》いついたら、暗黒の宇宙ん中《なか》にふんわり浮いとるんよ。ばってん、ぜんぜん怖くなかんばい。逆にクスクス笑いだしたくなって、なんや朗《ほが》らかで楽しい気持ちやった」

「え？　完全にイカれちゃったんすか？」

琉平が眉間《みけん》に皺《しわ》を寄せて言った。

「こん、バカチンが！　ちゃんと続きがあるっちゃ」

漆黒《しっこく》の宇宙を漂《ただよ》いながら、井上は平泳ぎの要領で手足をかいてみた。

すると、面白いように身体が自由に動く。野山を駆けまわっていたときなど比べものにならない開放感だった。

「周りは眩《まぶ》しいくらいたくさんの星がキラキラ輝いとる。いままで見たこともないほど星がきれいなんや。少し遠くには青い地球がふわっと浮いとる。その姿がたとえようもなく優しくて繊細《せんさい》でね。指で突っつくと、ぷにゅっとして、いまにも壊《こわ》れそうやった」

「そのときは、いったいどんな気分だったんですか？」

琉平が生真面目《きまじめ》な顔になってたずねる。

「何か、ほわーっとした温《あたた》かい大きな光に包まれとった。とにかく意識はものすごく研《と》ぎすまされとるんよ。ああ気持ちよかあ。死ぬのも悪うないねえって、ほんなこつ安らいだ気分やったんよ」

井上がこたえた。

マスターが、ゆっくりと口を開く。

「まるでお母さんのお腹《なか》の中にいたときみたいですね」

「ほうよ」と言ってうなずき、

「ばってん、そうするうちに『孝良《たかよし》！　起きんしゃい！』って声がどこからか聞こえてきて、慌ててそっちに泳いでいくと、なんや遠くに白い光がポツンと見えてきて……」

「闇の中に、とつぜん、光？」とマスター。

井上は黙ってうなずき、

「そん光がみるみるうちに大きなって、ものすごいスピードで近づいてきよる。で、あっという間にシュポーッと光のトンネルに吸い込まれていったんよ」

「………」

「………」

「そうしたら、次の瞬間、わたし、いきなり病室に戻ってた。ちょうどお尻にペニシリンの太《ふと》か注射打《う》たれとったんやけど、これが痛いのなんのって。あんまり痛かったんで、びっくらこいて、いきなり意識を取り戻したんやね。気絶《きぜつ》してた人間が、気絶しそうな痛みで、やっと気ぃついたわけや」

＊　＊　＊

井上はマンハッタンをうまそうに啜《すす》って、話を続けた。

「それまでは神童《しんどう》と言われてチヤホヤされてたんやけど、この臨死《りんし》体験の話ば周《まわ》りに喋《しゃべ》ってからは、急に、ヘンな人間と思われはじめてね」

孝良は狂いよった、と大声で言いふらす同級生もいた。孝ちゃんと遊んだら、ぼんくらになりよるけん近寄ったらいかん、と隣の家のおばさんが子どもに言っているのも漏《も》れ聞こえてきた。

「かなしい話やけど、田舎《いなか》ってそういうところがあるんよね」

捨てられた子犬のような目になって、井上が言う。

グラスを磨《みが》きながら琉平が大きくうなずいて、口を開いた。

「うちのオバアも似たようなこと言ってましたよ。子どもの頃、肺炎で死にかけたとき、ミルク色の霧《きり》のはれた先に、色とりどりのお花畑と小さな川がふっとあらわれ、ようく見ると、川の向こう岸に亡くなったはずのお父さんがいて、『こっちに来ちゃダメだ、帰りなさい』と一所懸命止めたって。そして、しばらくしてオバアは意識を取り戻したそうです。家族にそのことを話したら、絶対ほかの人には喋っちゃいかんと言われたそうです」

「ほうかい。どこも同じじゃね……。しかし、あんときは、まいった。わたし自身、ひょっとして頭いかれたんやないかって自分がわからんようになったもん。でも、あの体験してから、死ぬこつの全然怖《こわ》くのうなったんよ」

「一度死んだようなもの、ですもんね」マスターが相づちを打つ。

「そうやね。あれ以来、なんや不思議なことに、あっちの世界とこっちの世界の間で迷うとる人が一瞬でわかるようになってしもた。何か言いたくて、わたしに寄ってくるんよね」

井上はグラスの底に残しておいた赤いチェリーを、ひょいと口に放り込んだ。

「桜桃《さくらんぼ》はマンハッタンの魂《たましい》みたいなもんばい」

そう言って、話を続けた。

「わたし、毎日、真夜中に仕事しとるばい？　一人でうどん打っとると、そん時間に、ときどきわたしに会いに来る人がおるっちゃ。あれは、ちょうど去年の今ごろ、お盆の頃やった。

キャベツやニンジンやら配達してくれてる八百屋《やおや》のお父さんが、いつものように『まいど』って店に入ってきたんよ。

厨房《ちゅうぼう》から首だけ出してちらっと見たら、暗がりの中、ウエスタンドアがゆ〜らゆら揺れてる。こっちは必死こいてうどん打っとる最中やったから、お父さんの顔も見ずに『おはようございます。テーブルの上に置いといてもらえます？』って言うたんよ。

そしたら『はあい』って弱々しい声が返ってきた。でも、普段からそんなに話さん人やから、すぐ帰っても別に何とも思わんかった。

ばってん、ドアのギーギー揺れてる音を聞いてるうちに、何や、おかしか、と」

「八百屋さんの来るような時間じゃなかった？」

琉平が恐《おそ》る恐る訊いた。

井上は睨《にら》むような目をして、うなずいた。

「いつもは日の昇った朝七時頃に来るのに、時計見たら、夜中の三時過ぎや。おれ、こんな時間に誰としゃべっとったんや？　いまの何やったんやろ？　ひょっとして……と思った途端《とたん》、ぞわーって全身に鳥肌が立ってきよった」

「もしかして」と琉平。

「気になって、あとで八百屋に電話を入れたら、やっぱり、お父さん、その時刻に亡《な》くなってたっちゃ」

「虫の知らせって実際にあるんですね」

マスターが、ぼそっとつぶやいた。

ひと息ついた井上はミネラルウォーターでのどを潤《うるお》し、グラスを静かに置いた。

「わたし、歩くんも夜やろう？　夜道じゃあ、昼間とはまた違ったいろんな人に会うんよ。とくに多摩川沿いでね」

「昼間とは違う人って……」

グラスを磨く手を止めて、琉平が独《ひと》りごちた。

それは、バー・リバーサイドの近く、東名高速をくぐるあたりの土手を歩いてるときのことだった。

真っ暗な河川敷《かせんじき》から、ふわーっと半透明のわらび餅《もち》のような人《ひと》の形《かたち》が土手に上がってきて、驚いて立ち止まる井上の前をゆっくり通り過ぎ、駒澤《こまざわ》大学の方にすーっと消えていったのだ。そのとき、東名高速のオレンジ色の照明がいきなりチカチカッと点滅した。

「わたし、思わず掌《て》え合わせてお祈りしたばい。『寂《さび》しいのはわかるばってん、いつまでもこっちの世界に執着《しゅうちゃく》せんと、はよう成仏《じょうぶつ》してください。あっちの世界は光がいっぱいやけん』って」

「どうして、みんな、井上さんのところに来るんでしょうね?」

「思うんやけど……死にかけて以来、わたし『あの世《よ》』と『この世』をつなぐ仕事をやらせてもろうてるんかもしれん。生死の間で見たあの気持ちのいい光は絶対に忘れんばい。あんときから、わたし、ずうっと宇宙遊泳しとるみたいなんよ。いっつも地上から一〇センチ浮いて生きとる感じしよるけん」

*　　　*　　　*

マスターが、だいぶ日の傾いた窓の外の川を指さして、

「多摩川の『たま』は『魂《たましい》』のたま、だそうですね」

なるほど、と井上がうなずく。

「男のタマタマは好きやなかばってん、たましいの『たま』は好《す》いとうよ」

「タマとたま。まさに二子玉《にこたま》っすね」琉平が突っこむ。

ほんまや、と井上が笑い、ライ・ウイスキーを炭酸割りでオーダーする。

「こん酒はバーボンよりも辛口で、素朴で、よか」

「ライ麦の酒はトウモロコシの酒よりも歴史が古いです。まさにアメリカン・スピリッツ、つまりアメリカの『たましい』ですね」

とマスターが応じながらバックバーからボトルを取りだす。

掌《てのひら》のなかには「ノブ・クリーク・ライ」。

スキットル（携帯用のウイスキー容器）のような独特の平《ひら》べったいボトルが目に飛び込んできた。

「ほう。おもしろか形やね」

琉平が開店前に柔らかい布できれいに拭《ふ》いているので、ボトルはぴかぴかに光っている。

「クリークは英語で小川のことです。なんでも、リンカーン大統領が少年の日に暮らした土地がノブ・クリークという名前だそうです」

マスターがボトルをそっと持ちあげると、赤みがかった琥珀色《こはくいろ》の液体がゆらりと揺れた。

10オンスタンブラーを取りだし、氷を入れ、ウイスキーを注ぎ、しっかりステア。ウイスキーを氷の温度になじませる。

その上からウィルキンソンの炭酸水をゆっくり注ぐ。

氷にあたった炭酸水から、白い煙のように泡が立ちのぼり、プチプチと小気味《こきみ》よい音を出して弾《はじ》けていく。

バースプーンで下から氷を持ちあげるようにして一回だけ、やさしく上下させる。

そして、井上のほうにグラスをすっと滑らせた。

淡い琥珀色の液体のなかで、きめ細かい気泡《きほう》が白いダンスを踊っている。

「見ているだけで、涼しかね」

井上が太い指でグラスをつかみ、それを傾ける。

一瞬、目をつむる。

のどを鳴らして、飲む。

ウイスキー&ソーダが、のどを軽やかに過ぎ、食道を抜け、胃の腑《ふ》に落ちていく。

琉平が胡桃《くるみ》入りライ麦パンをスライスし、軽く炙《あぶ》って、さっとカマンベールチーズを塗り、小皿に盛ってサーブする。

井上はグラスをとんと置き、ライ麦パンを一口かじると、うれしそうに小さくうなずいた。

そして、再び、グラスを口に運び、

「酒はトンネルやね」

おもむろに言った。「酒も音楽もよう似とるばい」

「……と申しますと?」マスターが訊く。

「酒も音楽もあっちに抜けるトンネルばい。わたしの通ったトンネルみたいなもんや」

マスターは少し考えて、

「昔から、酒は神さまに捧《ささ》げられてきましたよね。祭のときには酒を飲んでふらふらになって、神さまに近づくために意識を飛ばせたと聞いています」

「そーばい。博多《はかた》の祇《ぎ》園山笠《おんやまかさ》でも、酒と音楽であちら岸かこちら岸か、どこにおるんかわからんようになる」

「『酒に飲まれてはいけない』なんて言われますけど、それは酒の本質から逸《そ》れているような気がします」冷静な口調でマスターが言う。

「そん通り。飲まれんと、わからん世界もあるっちゃ」

井上が大きくうなずく。

「きれいに飲めるようになるには、ぐでんぐでんになることも必要なのかも……」

琉平がおどけて言うと、

「たまには君もいいこと言うじゃないか」とマスターが真面目な顔でうなずき、

「ウイスキーだって、蒸留《じょうりゅう》する前はドロドロの発酵《はっこう》状態だからね。発酵と腐敗《ふはい》は紙一重《かみひとえ》。ギリギリの際《きわ》どいところなんだ」

「良かもんになるかならんかは、何でも紙一重や。天才と狂気の関係と同じ。崖《がけ》っぷちで、どっちに転《ころ》ぶかや」

と井上が続けた。

「あちらとこちらも薄い膜一枚で隔《へだ》てられている。二つの世界の間には不思議な川が流れているんでしょう」

マスターはバックバーから自分用のブラックブッシュを取り出し、ストレートグラスにトクトクと注いだ。

「これはアイリッシュ・ウイスキーなんですが、アイルランドにはたましいの存在を信じている人が多いそうですよ。ダブリンに住む友人から聞いた話なんですが、ある夕食会に招かれると、七人のディナーなのに八人分の席が用意してあった。どうして？　と訊くと、つい先日亡くなった知人のための席だと答えたそうです。ぼくらには見えないけれど、確かにここにいるんです、と」

「なんかアイルランドに親しみがわく話ばい」

「川や森や雨や石など、すべての自然に神さまが宿《やど》っているそうです」

琉平が目を輝かせ、

「沖縄では井戸にも神さまがいらっしゃるんです。マスターも毎日、井戸にお祈りしてますよね？　ぼくのオバアは、井戸はあの世に通じてる、と言ってました」

と珍しく謙虚《けんきょ》な口ぶりになった。

「井戸もトンネルやもんね」と井上。

マスターが、ブラックブッシュをひとくち飲んで、

「以前は、日本にも神さまがたくさんいらっしゃった。でも、森が壊され、水が汚され、闇や静けさが追いやられ、神さまはどんどん逃げていかれた」

「ばってん、こんあたりは多摩川が流れていて、まだ闇のあるっちゃもんね」

「河原は戦場になったり、市《いち》が立ったり、処刑場になったり、歌舞伎《かぶき》が生まれたり……ラブホテルも川辺《かわべ》に多いですよね。きっと河原はこの世から離れた、闇の場所なんでしょう」

「しかも、ここは川と川の合わさる所《とこ》やしね」と井上。

「多摩川と野川が合流してますよね」琉平が合いの手を入れる。

井上がいたずらっ子のような顔で、

「川がYの字になっとるやろう？　女性の大事なとこの象徴ばい。ばってん、女のシンボルいうことは、生命《いのち》の生まれる所でもあるんやなかね？」

マスターは腕を組んで、しばらく無言のまま宙《ちゅう》を見つめ、そうだ。生命の生まれるところというと……と、口を開いた。

「昔このあたりには、砂利《じゃり》の採石場《さいせきじょう》がたくさんあったんです。多摩川の砂利は質が良くて、その砂利を運ぶためにこの近くまで電車も通っていたんです」

「いまバスの通ってる道かい？」井上が訊く。

「ええ。関東大震災の復興のために、当時の東京は建築ラッシュで、コンクリートに混ぜる砂利が必要だったんですね」

「多摩川の砂利が、街を生き返らせるために一役《ひとやく》買ったんやね」

マスターは小さくうなずいて、

「この河原は生命の息を吹き込む土地なんです」

*　*　*

バー・リバーサイドの窓からは、刻一刻《こくいっこく》と沈みゆく夕日が見えていた。富士山が小さなシルエットになっている。

背景の空はオレンジ色に輝き、天頂《てんちょう》に向かって徐々に赤みがかって、やがて紫から群青《ぐんじょう》、濃紺《のうこん》へと色合いを変えていた。

昼と夜のあいだ。たそがれどきがやってきていた。

数匹の蝙蝠《こうもり》がひらひら舞いだしている。

琉平が窓の外を眺めやって、

「沖縄ではこの時間帯をアコークローって言います」

「ほう。どげん字ば書くんかい？」

蝙蝠の姿を目で追いながら、井上が訊く。

「明るい暗いと書いて、明《あこ》う暗《くろ》う」

「明るいといえば、明るいし、暗いといえば、暗い。境界線の感じやねえ」

琉平は遠いところを見るように、

「沖縄は石灰岩《せっかいがん》でできた島なんで洞窟《どうくつ》が多いんです。昔は、そんな洞窟の中に亡くなった人を葬ったそうです。いちど入ってみたんですが、洞窟の中は、光の感じがまさにアコークローでした」

葬《ほうむ》られたからだは腐り、潮風に吹かれ、仄暗《ほのぐら》い光に包まれて、やがて、ゆっくりと骨になっていったのだ。

「……」

「……」

琉平が続けた。

「アコークローは、ほのかに黄色くて、薄曇《うすぐも》りの夕暮れみたいな色」

「たしかに、たそがれどきって漢字で書くと、黄色く昏《くら》い時だね」

マスターが相づちをうつ。

「亡くなって七年後に親戚《しんせき》が集まって、その骨を洗うんです」琉平が言う。

「骨を、洗う？」マスターと井上が同時に訊き返した。

「はい。泡盛《あわもり》で洗うんです」

「……」

「……」

「亡くなったひとの傍《かたわ》らには、あの世へのお土産として、泡盛をお供《そな》えしてあるんです。その泡盛で、一本一本骨《ほね》を丁寧に洗ってあげるんです。そうして、すべてきれいに洗い清めたら、骨を骨壺《こつつぼ》に納めます」

「お酒も死者と一緒にあの世へ旅をしてるんだね」マスターが言う。

「できれば、花酒《はなざけ》がいいんです」と琉平。

「花酒？　きれいな名前やね」井上がつぶやく。

「与那国島《よなぐにじま》で作られる60度の泡盛です。蒸留したときに初《しょ》っ端《ぱな》に滴《したた》り落ちる酒。初っ端の『はな』から来てるんです」

琉平がこたえる。

「60度は、きつかやろう」

「でも、度数が高いから、あっという間に消えますよ」

「そうしたら、味のわからんやろ？」

井上が言い終わらぬうちに、

「あ、いいカクテル、思いついた！」

マスターが、目を輝かせて言った。

シェイカーに氷を入れ、花酒をとろりと注ぎ、
シャカシャカ、シャカシャカッ——。
マスターがシェイカーをかなり激しく振り続ける。
シェイクの決め手は、氷を微妙に溶かし、酒に水を入れることだ。水と空気によって、酒が開かれ、香りがたち、液体の味はまろやかになる。

円錐形《えんすいけい》のグラスに、できたカクテルをやさしく注ぎ入れた。

シェイクのおかげで、液体の色は、ほんのり霧《きり》のかかったような乳白色《にゅうはくしょく》。

グラスには、きめ細かい霜《しも》がびっしりとついている。

マスターは表面張力《ちょうりょく》ぎりぎりまでグラスに液体を注いだ。

グラスの縁《ふち》の液体が、ぷっくり膨《ふく》れてエロチックだ。

「井上さん。どうぞ」

細心《さいしん》の注意を払って、グラスを置く。

「マスター。これ、何ちゅうカクテルなん？」

「花酒シェケラート。花酒をシェイクしただけ」

井上がそうっとグラスを引き寄せ、口の方からグラスを迎えにいく。

ひゅっという音とともに、液体が井上の口のなかに吸い込まれていった。

琉平はシェイカーに残ったカクテルをグラスに注ぎ、くいっと飲んで、目を見開いた。

井上は目を閉じたまま、しばらく黙っている。

「あげにきつか酒《さけ》なんに……なして、こげん甘《あま》かやろ？　柔《やわ》らかなんやろ？」

やっと言葉になった。

マスターもひとくち飲んで、

「香りと味の良い記憶だけを残して、あっという間に消えていきますね」

自分でも驚いている。

井上が感に堪《た》えない顔をして、

「空気と微《かす》かな水が、あの世とこの世を結び合わせとる。マスターが言うように、いい記憶だけ残して、あの世に行ければよか……」

「今日、井上さんの最初の一杯はジン・ソニックでした。いわば、あれは軽く爽《さわ》やかで、ちょっとだけ苦みのある青春の酒。

二杯目はマンハッタン。色も濃く艶《つや》があり、味も鮮やか。一見《いっけん》やわらかそうに見えてパンチのある、あれは人生の輝かしい朱夏《しゅか》の一杯。

三杯目はグッと渋くライ・ウイスキーのソーダ割り。技巧よりも本質に戻った、ストレートで枯れた味わい。あれは白秋《はくしゅう》の一杯。

そうして、花酒シェケラート。この酒は、人生の玄冬《げんとう》・遊行期《ゆぎょうき》に入られた、いまの井上さんへの一杯でしょうか」

「ありがとう。あんたの思いも、ふんわりシェイクされとるばい」

「いえ」マスターが背すじを伸ばして頭を下げる。

「なにより水が、ええ仕事をしとる。酒をやさしく開いてあげて、ふわっと柔らかくしとる。ほんなこつ、うどんとよう似とるよ。うどんは水で決まるたい。水が小麦粉に生命《いのち》の息吹《いぶき》を与えるばい」

「ウイスキーも泡盛も水から生命《いのち》をいただいています。蒸留酒《じょうりゅうしゅ》が『生命の水』といわれる所以《ゆえん》だと思います」

「目ぇ瞑《つぶ》って味わうと、このカクテルん中にたくさん星の光っとるばい」

「じつは、シェイカーに入れた氷は、うちの井戸から汲《く》んだ水を凍らせています」

「多摩川の水かい？」

井上が訊き、マスターが静かにうなずく。

「氷からほんの少し、花酒に溶けだしています」

「源流で見た一滴が、こんグラスん中にあるんやね……」

夜の帳《とばり》が下りた。

窓から見える川景色はすっかり闇に沈んでいる。

琉平が灯りをすっと消す。

と、窓いっぱいに、星空が広がった。

井上がつぶやいた。

「おう。花の酒が、星の酒になりよるばい」

ダーティー・マティーニ

Bar Riverside

ひと雨ごとに、河原《かわら》のみどりが濃くなっていく。

多摩川沿いに建つマンションの一室が、森茂幸《もりしげゆき》の自宅だ。

永年《ながねん》勤めた広告代理店を辞めてライターとして独立して以来、妻と二人三脚でなんとか暮らしをたててきた。子どもはいない。

自宅が仕事場なので、ときおり気分転換に川の堤《つつみ》をそぞろ歩く。

晴れた日には、広い景色の向こうに、富士山がくっきりと見える。

あれは、蝙蝠《こうもり》がひらひら舞う夕暮れどきのことだった。

森はそれまで気づかなかったコンクリート造りの二階家《にかいや》を見つけた。

一階はふつうの住まいのようだが、二階部分は横長《よこなが》の一枚ガラスの窓があるだけだった。

このあたりの家とはちょっと雰囲気が違う。

スタジオか何かだろうか？

目を凝《こ》らしてみた。

すると、西日を受けたガラス窓の奥に、カウンターらしきものがちらっと見えた。

堤から降りて、家の周りをあらためる。外にはいっさい看板などない。

会員制のバーなのだろうか。

一階には「川原《かわはら》」と表札がかかり、その脇に二階に向かって金属製の外《そと》階段がついていた。

足音をたてないように昇る。

思わず、階段の数をかぞえていた。

その数は13。不吉な数字とされるが、森は13という数が好きだった。

階段を昇りきった踊《おど》り場《ば》には木製の分厚い扉。

そこに、小さく「バー・リバーサイド」とあった。

こんなところにバー……。

そのたたずまいが、酒飲みのこころをくすぐった。

いったい、いつから開いていたんだろう?

扉をそっと押してみる。

が、まったく動かない。何度か試したが、微動《びどう》だにしない。

まだ店は開いていないのだ。日をあらためて、やって来よう。

階段を降りるとき、ついつい段数を再確認した。

やはり、13だった。

森は逸《はや》る気持ちをおさえ、口笛を吹きながら自宅へ踵《きびす》をかえした。

＊　＊　＊

それからしばらく経《た》った、ある春の夜。

二子玉川の駅から川沿いを歩いて帰るうち、音もなく霧がわきはじめた。

霧は川面《かわも》からまたたく間に住宅街に広がり、ひとも建物も輪郭《りんかく》を失い、濃い乳白色のなかに呑《の》まれていった。ゆっくりとうねるように流れる霧のなかを手さぐりするように歩いていき、気がつくと、森は自宅マンションを通り過ぎ、バー・リバーサイドの階段の下に立っていた。

あの夕暮れどきに見つけて以来、店にはけっこう通っていた。

今日はわざわざ都心部まで出ていったのに、つまらない打ち合わせで、どうも心がささくれ立っていた。

ちょっとウイスキーでも引っ掛けて寝た方がからだにもいい、よな。

そう自分に言い訳して、さっそく妻に電話を入れ、13階段を上った。

ギギッ。軋《きし》んだ音をさせて、リバーサイドの扉を開ける。

「いらっしゃいませ」

カウンターの向こうにバーテンダーが二人。

渋いバリトン・ボイスと細くて高めの若い声が重なって迎えた。

バーの中にはマイケル・フランクスのボサノバが流れている。

年配の男は丸刈りの坊主頭。黒いシルクのシャツに折り目のぴんと入った黒のスラックス。マスターの川原草太《そうた》である。

若い方はパリッとした白シャツ、黒のカマーベストをきりっと着こなし、今日も髪の毛をオールバックになでつけている。新垣琉平《あらかきりゅうへい》である。

L字型カウンターは7席。バーテンダーの後ろには、散歩のときに見かけたあの横長《よこなが》の窓ガラス。

いつもは川景色を見渡せるが、今夜は霧に包まれている。ほかに客はいない。

森は端正《たんせい》な顔に品のいい笑みを浮かべ、軽く会釈《えしやく》した。

少年時代に子役として映画に出演していたので、エレガントな身のこなしが堂に入《い》っている。

森はさらさらの髪を細い指でかきあげながら、スツールの前に立ち、

「いつもの。ロックでお願いします」

「かしこまりました」

マスターはアイリッシュ・ウイスキーのボトルを取ろうとバックバーのほうを振り向き、琉平はおしぼりを用意するためにちょっとうつむいた。

と、森はすかさずポケットからアルコールのウェットティッシュを取り出すと、ふたりの様子をうかがいながら、カウンターとスツールを手早く拭《ふ》き、ついでに自分の手と指もぬぐい、何食《なにく》わぬ顔でスツールに腰かけた。

そして、唇をすぼめ、不自然な笑みを浮かべてカウンターの上で両手を組んだ。

琉平がこちらに向き直り、おしぼりを出した。

「ありがと」

森はちょっと声のトーンを落とし、咳払《せきばら》いしながら両手で受け取る。

氷とブラックブッシュをなじませるために、ゆっくりステアしていたマスターと目が合った。

と、マスターはちょっとはにかんだような笑みを浮べた。

森はおしぼりで丁寧に手や指をぬぐい続ける。

そのとき、森のスマートフォンが鳴った。

森はうつくしい眉間《みけん》にかすかに皺《しわ》をよせた。

「んもう、こんな時間に……」とため息《いき》をつきながら、

「ちょっと失礼します」とマスターと琉平に向かって片手で拝《おが》むしぐさをしながら、背をかがめて扉を押して店の外に出た。

二十分後、憔悴《しょうすい》しきったようすの森が再び店に入ってきた。

「お仕事、大丈夫ですか？」琉平がやわらかい声で言う。

「まあね……」

無理に笑おうとして、美少年の面影《おもかげ》が残る細面《ほそおもて》の顔を引きつらせた。

「いいかげんな広告主《クライアント》がいて、ちょっとたいへんなんだ」

と独《ひと》り言《ごと》のように言った。

琉平は手早く新しいオン・ザ・ロックを作り、森の前に滑《すべ》らせた。

「やっぱり、ロックは水っぽくないのから始めてください」

「い、いいんですか？」森が上目《うわめ》づかいになって訊《き》く。

ええ、と琉平は白い歯を見せ、

「氷が溶けてウイスキーの味が変わっていくのが、オン・ザ・ロックの醍醐味《だいごみ》ですから。

さっきのグラスは水とウイスキーが半々くらいになってますけど、それはそれでおいしい

ので、そちらもご賞味《しょうみ》ください」

「いつも、ありがとう」

琉平の気遣《きづか》いが心に染《し》みた。

いちど酔っ払って、頼んだウオツカを一滴も飲まず、カウンターで眠ってしまったことがあった。支払いのときに琉平は、「飲んでいらっしゃらないお酒のお代はいただきません。そんなことをしたら、マスターに叱《しか》られます」と固辞《こじ》したのだ。

森がほっとため息をついて、グラスを持ちあげると、

「あ、それから、こちらのオランジェットもどうぞ」

琉平は小枝《こえだ》のようなチョコレートの載《の》った皿を置いた。

「?」

「オレンジピールをチョコレートで包んだものです。お疲れにはやっぱり甘いものを」

「へえ。おいしそうだね」

マスターがニコッと笑い、どうぞ、と目ですすめてくれた。

アイリッシュ・ウイスキーからは河原の青草《あおくさ》のような香りが立ちあがってくる。

ひとくち飲む。

疲れ果てたからだに、角《かど》のない温《あたた》かさがじんわり染《し》みとおっていく。

やさしい水のようなマイケル・フランクスの声は、絶好のチェイサーだ。

グラスを置いて、オランジェットをひとかじり。

そしてブラックブッシュを、また、ひとくち。

甘酸《あまず》っぱくほろ苦いオレンジの皮とチョコレートの濃密な味わいが、ウイスキーと絶妙に溶けあった。

「このオランジェット、マスターの手作りなんです。ウイスキー、すすみますよね」

琉平がにっこりして言う。

森はあっという間に二つのグラスを空《あ》け、次はダブルのオン・ザ・ロックを注文した。

窓の外では霧が渦巻くように流れ、いよいよその白さを増していった。

＊　＊　＊

「森さん。次の取材はどちらに?」

グラスを磨きながら、マスターがたずねた。

「来週、沖縄に行く予定なんです」

ウエットティッシュをきちんと折りたたみ、カウンターにこぼれたチョコレートのかけらをていねいに拭《ふ》きながら、森がこたえた。

「え?」琉平がうれしそうな顔をして、

「沖縄はどちらに行かれるんですか?」

「今回は、石垣島《いしがきじま》へ」

「ぼく、じつは那覇《なは》出身なんですよ」と琉平。

「そういえば、新垣《あらかき》という苗字《みょうじ》は沖縄だもんね」

「ええ。琉平の琉は琉球《りゅうきゅう》の琉。平の字は平和からとったそうです」

「沖縄らしい、いい名前だね」

ありがとうございます、と琉平は頭を下げ、

「来週から石垣ですかあ。うらやましいですねえ。沖縄人《ウチナーンチュ》から見ても、八重山《やえやま》の海はほんとうにきれいですもん」

「あっちはもう暖かいでしょう?」とマスター。

「三月下旬に海開《うみびら》きしたみたいですよ」

そう言って、森はオン・ザ・ロックをひとくち啜《すす》る。

「今回はなんの取材ですか?」マスターが訊《き》く。

「八重山《やえやま》の海人《うみんちゅ》のインタビューと撮影で」

「森さん、漁師の取材もされるんですね」

「やっぱり、どこかで血が騒ぐのかな。曾祖父《ひいじい》さんの頃まで、うち、漁師だったもんで……。フリーになってから、あらためて漁師の仕事に興味をもつようになってね」

「それは、また、どうして？」

「漁師って、明日も今日と同じように魚がとれるかなんて、誰もわからない。サラリーマンなら定収《ていしゅう》があるからいいけど」

「たしかに。わたしたちも漁師とまったく同じですね」

マスターがうなずいた。

「個人で仕事するようになって、初めて漁師に魅力を感じたんです」

「石垣島ではどんな海人を取材するんですか？」

琉平が訊く。

「コブシメって一メートルくらいにもなる大きな甲《こう》イカがいるんだけど、そのイカを海に潜って銛《もり》で突く漁師がいてね」

「コブシメですかあ。あれ、大きいイカなのに、おいしいんですよねえ」

琉平は思わず舌なめずりした。

「海の中で見ると、不思議といっそう大きく見えるんだよね」

「森さん。カメラもご自分で?」

マスターが訊く。

「本職はライターなんだけど、ひとりでカメラもやった方が何かと楽だから……」

「?」

「協調性がないからかもしれないけど、最近はカメラの性能もいいんで、ぼくの写真でも何とかなるんだよね」

＊　＊　＊

「森さんって、どういう取材が多いんですか?」

琉平が真《ま》っ直《す》ぐなまなざしで訊いた。

「旅とか、食べものとか、人物取材とか」

「いろんなところに行けていいですねえ」

うらやましそうな顔で琉平が言う。

「フリーになって早々《そうそう》、各地を旅する連載記事をもたせてもらったときは、ほんと、うれしかったなあ」

森は少し遠い目をした。

まだライターとして自信も実績もなかったので、組むカメラマンは代理店時代に何度か仕事をして気心《きごころ》の知れている津川淳《つがわじゅん》に声をかけた。

津川は森より七つ年上だが、まったく偉《えら》ぶらない気さくなひとだ。明るい性格なので、初対面のひとも心を開いてくれるだろう。人物取材にはぴったりだと思った。

森が会社を辞《や》めたときには、「これからは同じフリーの仲間だからさあ」と励ましてくれた。そんな兄貴のような津川のことが好きだったし、リスペクトもしていた。

連載が始まってからは、ふたりの取材旅行が続いた。フリーになってまだ右も左もわからない森にとって、津川の仕事のやり方はとても参考になった。

現場に立つと、津川は小柄で筋肉質のからだをフルに使い、ひょうきんな仕草や巧《たく》みなジョークで笑いをとり、場《ば》の空気を即座に自分のものにした。そんな取材姿勢はインタビューをするとき、大いに参考になった。

仕事を終えて安宿《やすやど》に帰ると、狭い部屋に布団を敷いて、ポケット瓶のウイスキーをちびち飲《や》りながら、津川は自由業の心がまえを教えてくれた。

サラリーマンだった森にとって、フリーは憧《あこが》れだった。

ところが津川は、

「そんなに甘いもんじゃないんだな、これが」と教えさとすように言った。

いつも笑顔でひとに接しているように見える津川だが、よく見ると、瞳《ひとみ》の奥はまったく笑っていなかった。飲み会でも上手にひとに酒をすすめ、自《みずか》らは「いやあ。オジイは酔っ払っちゃったよぉ」と酒量《しゅりょう》をうまく加減していた。

オジイといってもまだ五十過ぎ。ハゲて残り少なくなった髪をゴムでちょこんとくくって、後ろに垂らしていた。

実際、そのオジイ作戦は功《こう》を奏《そう》し、津川の携帯には日に何度も女の子たちから電話が入り、そのたびにすかさずデートの約束をしていた。とくに女性編集者には電話を小まめに入れ、取材のお土産《みやげ》をわざわざ出版社まで持っていき、編集部の入り口ではウケ狙《ねら》いで滑《すべ》って転ぶふりまでした。

「時間は非情だよ。いま仲良くしてる編集者だって、どんどん年とって会社からいなくなるからね。若い編集者つかんどかないと、将来オジイの仕事なくなっちゃうからさあ。フリーは人脈が命だよー。若い女の子のファン作りはたいせつ。これ、趣味《しゅみ》と実益《じつえき》も兼ねてるわけさねえ」

長いまつげのぱっちりと可愛《かわい》い目でオジイがウインクすると、男の森でさえ、とろけるような気持ちになった。

津川は群馬県の高校を卒業後、すぐさまカメラマンに弟子入りした叩《たた》きあげなので、サラリーマンの無責任さが抜けきらない森に「もう組織の大看板は守ってくれないよー」と言ってくれた。

会社員時代はストレートに叱《しか》ってくれる先輩がいなかったので、あえて苦言《くげん》を呈《てい》してくれる津川は、森にとってありがたい存在だった。

「ぼくもバーテンダーになって初めて叱られたのはマスターでした」

琉平が言うと、

「すみません。こいつ、いつもしゃべり過ぎるんで」とマスターが頭を下げ、

「でも、はっきりものを言ってくれる先輩はありがたいですよ。で、津川さんとの仕事はそれから？」

森はうなずいて、話をつづけた。

アイディアマンの森はいろいろな企画を考え、そのつど出版社にプレゼンし、ほとんどの写真は津川にお願いした。おかげでコンビの仕事はどんどん増えていった。

そんなライター暮らしが四年目を迎えた頃。

それは、海外取材からの帰りの機中《きちゅう》でのことだった。

津川がワインで頬《ほお》を赤くしながら、珍しくちょっと沈んだ顔になって、

「ところでさあ……森クンの奥さん、元気?」とだしぬけに訊いてきたのだ。

津川は森と同じく妻と二人暮らしで、子どもはいなかった。

「元気すぎて、ぼくが家にいるときは喧嘩《けんか》ばっかですよ」

苦笑《にがわら》いしながらこたえると、

「でもさ、喧嘩するほど仲がいい、ってね。喧嘩しているうちが華《はな》さあ。オジイんとこは妻がちょっと精神的に不安定でね」

「?」

「更年期《こうねんき》もあるとは思うんだけど。じつは……かなり鬱《うつ》がひどくてね」

「……」

「最近は、ときどき被害妄想《もうそう》も入っちゃってさ」

明るく振る舞おうとしたようだったが、眉間《みけん》に皺が寄った。

「誰かがずっと監視してるって双眼鏡で外を見回してるわけさあ。スーパーに行くと店員がひそひそ噂話《うわさばなし》してるんじゃないかって言うし、警察官とすれ違うと、自分を捕《つか》まえに来たって怯《おび》えるし……ほとんど眠ってないから、食《しょく》もどんどん細くなるわけさあ」

「………」

とっさに森は返す言葉が見つからなかった。

カメラマンは旅がちなので、妻はさびしい思いをしていると聞いたことはあったが、津川の場合、状況はかなりシビアだった。

＊　＊　＊

森の話を聞いて、マスターは相づちを打ち、

「結婚というのは、なかなかしんどいものですからね」

たしかにそうなんですが……、と森はちょっと間《ま》をおき、

「津川さんから、奥さんの鬱病の話を聞いたとき、気になったことがあったんです……」

「女の子たちのこと、じゃないですか？」

すかさず琉平が口をはさんだ。

森は少し言いよどんだが、

「津川さんは彼女たちのことを『姪《めい》っ子』と呼ぶんだよ。ぼくも最初は、ほんとの姪っ子と思ってたんだけど、一緒に取材旅行していると、なんと姪っ子が全国各地にいたんだ」

「言葉のあや、だったんですか」とマスター。

「それならそうと、さらっとガールフレンドっていえばいいのに……」

琉平がむっとして言った。

マスターが、

「ま、そうだろうけど、回りまわって津川さんの奥さんの耳に入るかもしれないから『姪っ子』って呼んでたんじゃないのかな？」

と大人《おとな》の斟酌《しんしゃく》を加えた。

「でも、姪っ子って、そんなにたくさんいるわけないでしょ。なんか小《こ》ずるい感じがしますね」

琉平が重ねて言うと、森は小さくうなずいた。

「正直いって、姪っ子とか自分をオジイって呼ぶのがウソっぽいなって、ぼくも思っていたんだ」

そう言って、ウイスキーを口にふくんだ。

「そんなに女性好きなら、もっと正々堂々とやった方がカッコイイのにね」

マスターも同意した。

「どっか、やましいからじゃないっすか？」

琉平がしれっと言う。

「たぶん奥さんは、津川さんの女癖《おんなぐせ》に気づかないフリをしてたんだと思う」

森がうつむきながらつぶやいた。

マスターが鋭いまなざしになって、

「その抑圧が溜《た》まりにたまって、耐えきれなくなったというのも、鬱の原因の一つかもしれませんね」

「奥さんとは何度か会ったことがあるけど、いっけん華やかに見えても、相手にすごく気をつかう繊細《せんさい》な方で……」

と森。

「その後、ご病気のほうは？」

マスターがちょっと眉《まゆ》を寄せて訊いた。

「どんどんひどくなって、一年後に自《みずか》ら命を絶たれたんです……」

「……」

「……」

森は葬式には仕事の都合でどうしても行けなかったので、森の妻がひとりで参列した。妻は、津川の奥さんが心を開いた数少ない人間のひとりだった。

家を空《あ》けることの多い津川は、こころを患《わずら》った奥さんの世話を、近くに住む先輩のカメラマン夫婦に頼んでいた。

訃報《ふほう》を聞いて仕事先からあわてて帰った津川は、

「あんたたちがそばに付いていて、どうしてこんなことになったんだ！」

と先輩夫婦を責め、亡骸《なきがら》にすがって泣き叫んだそうだ。

森は初七日《しょなのか》に沖縄にある津川の自宅を訪ねたが、憔悴《しょうすい》しきった姿を見るのは忍びなかった。いつも陽気に振る舞う津川がことのほか小さく見えた。

うち沈んでいる彼を救うには仕事しかない、と森は思った。

あれこれ考えたり悔やんだりする暇をなくし、忙しさにまぎれさせるのも、悲しみを振りはらう一つの方法じゃないか。

新しい仕事を見つけてきて、ふさぎこんでいる津川に一緒にやってくれと自分から頼もう。

森は、以前からあたためていた沖縄の泡盛《あわもり》造りのドキュメント企画を通し、押しつけがましくならないよう気を遣《つか》いながら、津川に電話をかけた。

「ありがとう。森クンの言う通り、いまは仕事に打ち込むのがいちばんさぁ」

津川が、くぐもった声でこたえた。

＊　＊　＊

津川は泡盛の仕事が入って、少しだけ元気になったようだった。

後日《ごじつ》あらためて、森に電話をかけてきて、

「だあ、だあ、だあ。森クンの奥さんもひとりで留守番してると寂《さび》しいだろうから、一緒に取材に来ればいいさあ。オジイとだったら気ぃ遣《つか》わなくていいから、ずっとつきあってもらえばいいよぉ。その方が気晴らしになって、でーじいいはず」

いつものヘンな沖縄イントネーションで言い、森もそのことばに甘えた。

ところが五日間の取材のあいだ、なぜか津川はずっと機嫌《きげん》が悪かった。

食事のときも黙ったまま。ときどきプイと横を向く。普段は飲んでワイワイやるのが好きなのに、体調がすぐれないと言って酒も一緒に飲まない。森の妻が話しかけても、じつにそっけなかった。津川が気分屋なのはわかってはいたが、あまりに露骨《ろこつ》すぎた。

女房のことも可愛《かわい》がってくれていたのに、どうして……？

森には「取材のこともわからん女が仕事の邪魔しやがって」という津川の意思《いし》表示にしか思えなかった。

しかし、「一緒に来ればいいさぁ」と言ったのは津川だった。

かれが提案してくれたから、そのことばを素直に受け止めたのだ。森の妻がいるほうが、津川も明るく仕事ができると思ったからだ。

たしか、「オジイだったら気を遣わなくていい」と言ったはずだ。女房も気を遣わないふりをして、じつはけっこう気を遣っているんだ……。

森のなかで、津川に対する見方が微妙に変わっていった。

自らをオジイと呼ぶ臆面《おくめん》のなさや三流タレントのようなオーバーアクションが鼻につきはじめた。

しかし、どうして不機嫌だったのか、まったくわからなかったので、森は東京に帰ってから、津川といちばん親しい女性編集者に電話を入れた。

彼女ならオジイのくわしい心情がわかるかもしれない。

しかし開口《かいこう》一番、

「森クンが夫婦で現場にやってきたんで、取材がやりにくかったってぼやいてたわよ」

耳を疑った。

事実と違う……。

「今回みたいに公私混同しているようじゃ、あなた、まだまだプロじゃないわねえ。あんなかたちで奥さん亡《な》くした津川さんの身にもなってみたら？」

「……？」

「森クンも、そろそろこっちのギョーカイに慣れてもらわなくちゃねえ」

まるで学校の教頭先生みたいな物言《ものい》いだった。

こっち？

おれは「こっち」じゃない？

やっとフリーの世界の一員になったと思っていたのに、仲間はずれにされたようで、たまらなく寂しかった。

森が口を開こうとすると、

「ギョーカイの先輩の話はもっと謙虚に聞くほうが、身のためよ」

こんどは諭《さと》すように言われた。

このひとは昔なじみの身びいきで、津川の言葉をただ鵜呑《うの》みにしているだけじゃないのか？

そう思ったときに、自分のことばが喉《のど》もとに引っ掛かった。

鵜？

待てよ。もしかして、おれは「鵜」なのか？

あれこれ企画を通しては、津川のもとに仕事をひょいひょい持っていくおれは、かれにとってじつに都合のいい「鵜」だったんじゃないのか……？

＊　　＊　　＊

バー・リバーサイドの窓の外を、霧が白い河のように流れていく。

マスターの右手にはいつのまにかオン・ザ・ロックのグラス。中にはブラックブッシュが琥珀色《こはくいろ》にきらめいている。

「じつは、わたしも鵜だったことがあるんですよ」

マスターがおもむろにつぶやいた。

思いがけないことばに森は黙った。

琉平も驚いて、マスターの横顔を見つめた。

「むかし組織の中で働いていたことがありましてね。気がついたら、優秀な鵜になっていました」

とマスター。

「いったい、どんな仕事をされてたんですか？」

不躾《ぶしつけ》かと思ったが、森は素直に訊いた。

少し間《ま》があいて、

「大学の万年助手でした」

マスターがこたえて、続けた。

「京都の大学で原子核《げんしかく》工学の研究をやってたんです。理系の研究ってチームでやりますから、いわば一つの組織なんですよ。たとえば山本教授の研究室なら山本研《けん》というチームで、会社でいえば山本部みたいなものです。教授が部長ってことになりますか」

「どうして原子核工学を？」

森が、好奇心いっぱいの少年の表情になって訊いた。

「子ども時代に鉄腕《てつわん》アトムが好きでね。アトムは原子力で動くんだと知って、未来のエネルギーはこれしかないと思ったんですよ。で、その方面に進んだのですが、研究すればするほど、原子力はとても人間には制御《せいぎょ》できないと思ったんです」

「マスターって、この意外性がニクイんですよねえ」

琉平がちょっと自慢げに言った。

「当時の教授は頼りがいのある兄貴みたいなひとでした。そう。森さんにとっての津川さんみたいにね」

マスターが言い、森が相づちを打った。

「わたしは彼のチームの一員として研究をしていました。ところが、あるとき教授がわたしの実験データを無断で使っているのがわかった。さいしょは、忙しさにかまけてたまま言い忘れたんじゃないか、と教授のことを良《い》いように思おうとしました。でも、そんなことが何度かあってね。バカなわたしもハッと気づいた。『いいとこ取《ど》り』されてたんだと。要するに、わたしも森さんのように鵜だったんですよ」

そう言って、ブラックブッシュをクイッと飲み、

「でも、鵜だとわかってても、狭いギョーカイです。面と向かっては反抗しにくい。かれに尻尾《しっぽ》を振っていると、やがて自分もいいポストにつけるだろうという計算もありました。で、我慢してたんですが、あるとき教授が原発《げんぱつ》の関連会社から多額の金をもらっていることを知ったんです。わたしにはそれがどうしても納得できなかった」

マスターの話では、研究には実験設備などのために莫大《ばくだい》な金がかかるという。だから教授の力量《りきりょう》は、どれだけ金を引っ張ってこられるかに掛かっているそうだ。

「わたしは原発には反対でしたから、どんどん仲間はずれにされて、学界の隅のほうに追いやられていったわけです」

笑いながらウイスキーのグラスを傾けると、氷がころんと小さな音をたてた。

「だから、万年助手だったんですね」

と琉平が納得した顔で言う。

「鵜匠《うしょう》のもとにいてこそ、鵜は食べていけるんだよ」とマスター。

「いたるところに鵜と鵜匠の関係ってあるんだなぁ……」

森が真剣な面持《おもも》ちでつぶやいた。

「結局、わたしは自由の鵜になって、二子玉川に舞い戻ったというわけですよ」

マスターがもう一度、爽《さわ》やかに笑った。

＊　＊　＊

「津川さんとの関係が微妙になりはじめたころ、こんどはぼくの妻の様子がおかしくなってきちゃって……」

グラスの中の液体を見つめながら、森がぼそりと言った。

日を追うごとに妻の食欲はなくなり、ほとんど眠られなくなっていったのだ。

いつもよくしゃべっていたのに、いつしか笑顔もなくなり、話しかけても反応が鈍《にぶ》くなった。

体重も一気に一〇キロ落ち、まるでトランプカードみたいに薄っぺらなからだになった。

妻は、歩くたびに足の骨がぽきぽき折れるから動くのが怖い、身長も毎日少しずつ縮んでいると言い、夜中にメジャーを持ち出して自分の身長を測っては「ほら、やっぱり縮んでる……」と柱を指さしながら低くつぶやいた。

パジャマにも着替《きが》えず、ずっと同じ服を着たままでいつのまにか寝て、とつぜん夜中の三時頃に起き出し、なにやら荷造りしたバッグを下げたまま、玄関ドアの前にじーっと立っていた。しかし、なぜかドアは開《あ》けず、ただただ立ち尽くしていた。

好きな料理もまったくできなくなった。味のない、餌《えさ》みたいなものしか作れなくなり、やがて台所にぼんやり立っているだけになった。目の焦点は合わず、瞳は淀《よど》んだ沼のように沈んでいた。

出かけることが好きだったのに、外出を嫌《いや》がるようになった妻をどうにか心療《しんりょう》内科に連れていくと、すぐさま鬱病《うつびょう》と診断された。

「こころの風邪《かぜ》ですから、あまり心配しないように」と気休めのように言われたが、森は妻にどう接すればいいのかわからず、途方にくれた。

目から鼻へ抜けるほど頭の回転が速く、いつもジョークを言ってひとを笑わせる陽気な妻が、まったく別の人間になっていく……。たましいの抜け殻《がら》のような彼女を見ているのは、身を切られるようにつらかった。

森は取材を理由に病気の妻から逃げ出したくなった。しかし出版社からは仕事の依頼はなく、逃げていく場所はどこにもなかった。

なんでおれがこんな目に遭《あ》わなくちゃならないのだ。

そんなことをしてはいけないと思いながらも、自らの恐怖心から、つい妻をなじってしまい、そのたびに妻はひたすら「ごめんね。ごめんね」と言うばかりで、ますます状態は悪くなっていった。

こんなことをやってちゃ、ダメだ……。

このままではふたりで鬱の底なし沼に引きずり込まれてしまう。

妻と真剣に向き合うことから逃げていては、津川と同じことになる。

いちばん苦しいのは妻なんだと、焦《あせ》る自分に言い聞かせ、歯を食いしばって、なんとか日々の暮らしを続けた。

そんなときにたまたま津川との仕事が入り、森が、自分の妻も鬱病になったと告げると、津川は辺《あた》り構《かま》わず声を上げて泣き出したのだった……。

＊　＊　＊

マスターが静かに口を開いた。

「その鬱病は、津川さんの奥さんの鬱と深く関《かか》わっているんじゃないですか？」

「……」

じつは、森も、そうではないかと思っていたのだった。

葬儀から帰ったあと、妻は、自分も同じようになってしまうかもしれない、という不安にとりつかれ、逃《のが》れられない渦に巻きこまれていった。

「うちのオバアもよく言ってました。『好きなひとにはいろんな電波が飛ぶんだよー。たましいが助けを求めているからさぁ』って」

琉平がアイスピックで氷を割りながら言葉をつづけた。

「でも、うかがっているかぎり、津川さんってけっこう器用な方じゃないですか？」

「器用？」

「ひとのハートを素早くつかむし、やっかいなことからは上手《うま》く逃げるし」

「……」

森はうなずいた。

多忙で家を空けることが多いのを理由に、津川が病気の奥さんを先輩夫婦に押しつけていたのを思い出した。

しかし……。

おれ自身も鬱病《うつびょう》の妻から逃げ出したくなったのだ。誰だってしんどいことに向き合いたくはない。エラソーなことは言えない……。

「津川さんの撮《と》った写真、見たことありますよ」

と琉平が言った。

「あ、そうなんだ」

「沖縄ではけっこう有名ですから」と琉平。

「もう、住んで長いしね」

「ウチナーンチュの笑顔ばっかり並んでますよね。沖縄ってつらいことたくさんあるんですけど、あんまりそういうの見たくないひとなのかもしれませんね」

琉平が言うとおり、津川の写真はつねに明るいトーンだ。抜けるような青空に白い雲、エメラルドグリーンの海、こぼれるような笑顔……。

そんな光にあふれる写真に惹《ひ》かれ、森が沖縄通いをはじめたことも確かだった。

ただ、奥さんの一件以来、陰翳《いんえい》のない津川の写真はその薄っぺらな人柄《ひとがら》を映しているように思えてならなかった。

いろんなことを、きれいごとですまそうとしているんじゃないか……。

琉平は割った氷をアイスペールに入れ、氷がかなり溶けてしまった森のグラスを見つめた。

「氷、たしますか?」

「あ……」

森がうなずくと、琉平が「これ、サービス」と言って、珍しくメジャーカップを使わず、ブラックブッシュをグラスに注いだ。

気がつくと、「古くて忘れかけた歌をうたおう」とマイケル・フランクスがささやくようにうたっていた。

森は故郷の福山《ふくやま》を流れる芦田川《あしだがわ》を思い出した。

高校時代、授業をさぼって河原に寝ころがり、草のそよぎをよく聞いたものだった。

この歌は川辺のやわらかい空気に似合っている。やさしいメロディが、透きとおった水のようにこころを潤《うるお》してくれるからかもしれない。

マスターがウォーターフォードのグラスを取りあげると、クリスタルがきらりと光った。

グラスを見つめながら、

「ひとのこころってガラスのように繊細ですよね。いつパリンと割れてしまうか、わかりませんから」

森が小さくうなずく。

お恥ずかしいことですが、と言ってマスターが続けた。

「わたしもこころのリズムがおかしくなったことが何度かありまして……」

「マスターが?」

「ええ。とつぜん、レシピを忘れたんじゃないかって不安になったことがありましてね。お客さまからオーダーいただいたカクテルの名前を何度も確認しないと気がすまなくなっちゃって……。カウンターの下でこっそり本を開いて、メジャーカップで量《はか》らないと飲み物を作れなくなったんです。戸締まりをしても、鍵《かぎ》をかけたかどうかしつこく確認しないと気がすまなかったり」

「そんなことがあったんですか?」

森は驚いて、訊きかえした。

はい、と言ってにっこりし、マスターはウイスキーを飲みほした。

こう見えて、マスターけっこう神経質ですからね、と琉平が言い、

「一つのグラスにちょっとでも曇りがあると、ほかのもぜんぶ磨《みが》き直しさせられるんですよ」と口をとがらせた。

「バーテンダーの勉強はどちらで?」

森はついつい取材モードになって訊いた。

「アイリッシュ・パブでバイトをやったくらいですよ。師匠についたことなんてありません。だからですかね? 自分がこんなカクテル出していていいのかなって、あるとき限界

がきちゃって……。それからですよ、神経症っぽくなったのは」

森は黙って小さくうなずいた。

マスターはかすかに息を吸い、

「お見受けすると、森さんも……」

「数年前から、つまんないことに拘《こだわ》るようになっちゃって」

うつむいて、こたえる。

マスターはちょっと咳払《せきばら》いして、自分のグラスに再びブラックブッシュを注いだ。

「物理学に『作用《さよう》・反《はん》作用の法則』というのがあるんです」

「高校で習ったような気もしますが……」森は理科はあまり得意ではなかった。

「簡単にいうと、『押すと、押し返される』ということですね」

「？」

「たとえば、水泳で前に進んでいけるのは、水のおかげです」

「水のおかげ？」

「手と腕で水をかくと、水がからだを押し返してくれる」マスターがこたえる。

琉平が白い歯を見せながら、

「好きなひとからは好かれる。嫌いなひとから嫌われる——ってことですよね？」

あっけらかんと言った。

ま、そういうことかな、とマスターが軽くうなずく。

「相性《あいしょう》って、互いに好き嫌いのバイブレーションを感じることでしょう？　この河川敷《かせんじき》に散歩に来る犬同士にだって相性があります。森さんと津川さんの相性はほんとは良くなかったんじゃないのかな」

「はじめは、とっても仲良くやってると思ってたんだけど……」

琉平がグラスを磨《みが》きながらニコッとして、

「そう思おうとしてただけ、なんじゃないっすか？」口をはさんできた。

こいつ。若いくせに生意気《なまいき》なっ。

森は一瞬、むっとした。

マスターがさらりと続けた。

「無意識ではわかってるんですよ。でも、『嫌いと思っちゃいけない』って自分に言い聞かせる。だから、よけい力が入《い》って、『好き』と思い込もうとする。ひとを嫌うのはエネルギーが要りますからね。波風《なみかぜ》を立てないほうが楽なんです」

「……」

ほんとは、はじめからおれは津川さんの真《しん》の姿に気づいていたのだ。

でも、あえて見ないようにしていたんだ。

自らの目を覆《おお》いつづける津川さんとおれは、結局、同じじゃないか……。

＊　＊　＊

マスターが振り返って窓の向こうを見やった。

ミルク色の霧が大きな渦を巻いて、ゆったりと流れていく。

「霧に包まれると、どこか安心しますよね。遠近感も時間の感覚もなくなります。自分がどこにいるのか、まるでわからなくなる」

そうつぶやいて、

「たとえば、このウイスキー」グラスに目を落とした。

琥珀《こはくいろ》色の液体が、氷の周りで油のようにゆらめいている。

「酒を飲むことは夢を飲むことです。霧に包まれるように、現実をふわっと離れます。ただし飲み過ぎると、夢が悪夢になる」

「まさに紙一重《かみひとえ》ですね」森がうなずく。

「酒とひとは、よく似ています」

「酒と、ひと？」

マスターは静かにうなずき、

「つきあいが過ぎると二日酔《ふつかよ》いになります。でも二日酔いになっても、その酒をまた飲みたくなるのなら、それは相性が良いってことでしょう」

「たしかに……」

「ひとにしても酒にしても、そのネガティブな部分を知ったときから、ほんとの関係が始まるのかもしれませんね」

「……」

「津川さんを知るのに少し時間がかかりましたが、リアルな姿がわかってよかったじゃないですか。費《つい》やした時間は無駄にはなっていないはずです」

「………」

マスターのことばは、上質なウイスキーのように心に染《し》みていった。

「この歳《とし》になってわかったんですが、信じられる人なんて、ほんのわずかですよ。だから、だれも責めなくていいんです。津川さんとのことは、ただ互いの相性の問題なのです」

「相性……」

森がつぶやく。

マスターは深くうなずいて、

「夫婦の場合がいちばんわかりやすいかもしれません。わたしは女房に逃げられた身なんで、エラソーなことは言えませんが、『夫婦は喧嘩《けんか》しているうちが華《はな》だよ』という津川さんのことば、けっこう当たってると思いますよ」

「……」

森はウイスキーをひとくち飲んで、相づちをうった。

「いくら喧嘩をしても、どんな病気になっても、ずっと一緒に旅を続けられるかどうか。それが、夫婦の相性でしょうね。人生という旅の伴侶《はんりょ》ですから」

森の脳裏《のうり》に、妻の顔が浮かんできた。

味覚や嗅覚《きゅうかく》もようやく戻り、料理の腕も徐々にふるうようになり、食べる量も少しずつ増えてきた。宅急便の人が来ると笑って応対しているし、今夜だって妻を家において、こうして一人でバーに来られるようにもなった。

「神経症はきっと森さんと相性がいいんですよ」

「え?」

「森さんの影みたいなものです」

影? おれの影……。

「影をなくすと、ひとは狂ってしまいますよ。影はたいせつです。陰翳《いんえい》のない心は平板《へいばん》で、魅力がありません。おのれの影を認めてあげることが、大人《おとな》になるってことじゃないですか？」

琉平がにっこりして、茶々《ちゃちゃ》を入れる。

「ぼくが光で、マスターがハゲ。じゃなくて、影」

琉平の軽口《かるくち》にもマスターはまったく動じず、クールに自らの頭を指さし、

「私は光であり、ハゲである」

「うまいこと言いますね」

ふたりで笑い合っている。

森は首をひねった。おれなら先輩を先輩とも思わぬこの若造《わかぞう》を許せないかもしれない。

「いま、森さん、ちょっとイラッとしたでしょ？」マスターが鋭く突いてきた。

「え？　ま、まあ……」

「そこです。そこが森さんのいいところ。礼儀正しく、きっちりとした性格。きっとデスク周りもきれいでしょ？」

「ええ。きちんと整理されていないと、どうも落ち着かなくって」

私もそうだったんですが、と前置きして、

「どこか完璧《かんぺき》を求めているんですね」マスターが言う。

たしかに、そうかもしれない。

マスターがウイスキーをひとくち飲んで、グラスを置いた。

「完璧は美しくないですよ」

「……でも、職人やアーティストはみんな完璧を目指して精進《しょうじん》するんじゃないですか？」

マスターは首を振る。

「影がないと色気《いろけ》がない。濁《にご》りが味わいなんです。ほんとの職人は完璧を目指しながらも、自然に隙《すき》をつくっているそうです。隙とは『好き』ってことでしょう」

そういえば、広告の仕事をしていたころ、CMディレクターが「わざと没《ぼっ》カットを入れる」と言っていた。そのほうがおもしろいCMになる、と……。

琉平がまた口をはさんできた。

「濁ってる、というと、おいしいウイスキーって雑味《ざつみ》がありますよね」

マスターがうなずいた。

「あんまり蒸留を繰り返すと、きれいになりすぎる。ウオツカやジンは何度も蒸留するから、きれいな酒にはなるけれど、ウイスキーのような味わいは生まれない。影がないから深みがない。だから、森さん、神経症を愛してあげたほうがいいですよ。そうすると、やがて、気がつけば神経症が治っているかもしれません」

そうだ。この酒を飲んでもらおう。

そう言って、マスターは冷凍庫からキンキンに冷えたタンカレー・ジンを取りだした。

周りに霧《きり》がふわっと漂い、ボトルに霜《しも》がおりる。

シェーカーにジンを入れ、そこに冷たいドライ・ベルモット。そしてオリーブを漬《つ》けていた液体を少々。シャカシャカシャカと手際《てぎわ》よくシェイクして、カクテルグラスに注ぎ入れる。

カランと音をさせて、液体を切る。

オリーブをひとつ、そっと沈める。

レモンピールの霧をシュッ。

マスターがグラスを森のほうに滑らせた。

「マティーニです。ただし、ダーティー・マティーニです」

霜におおわれたグラスにピンライトがあたって、液体が冴《さ》えざえと光っている。

「普通のマティーニはジンとドライ・ベルモットで作る透明なカクテルです。こちらは少々、濁っています。オリーブを浸《ひた》していた液体が入っているからです」

光にかざしてよく見ると、透明な液体の表面にはオリーブの油が浮いている。

液体もキンと澄みきってはいない。かすかに影がさしている。

ひとくち飲む。

と、オリーブの香りが立ってきた。

そのあとを、ジンのみどりの香りが追いかけてくる。

ふつうのマティーニに比べ、はるかにオイリーで湿った塩気を感じた。

「マティーニは時を重ねるごとに、どんどんドライになっていきました。でも私は、影と湿《しめ》り気《け》のあるほうが好きなんです。だから、森さんにはこのカクテル。

切れ味が過ぎると、その鋭い刃《は》で、自分が怪我《けが》をすることになります。加減《かげん》が難しい。

少し澱《おり》を残しておいた方がいい。そう。自分の『いい加減』を見つけることがたいせつです」

ダーティー・マティーニ。

キース・リチャーズのギター・リフのような味わいだった。

濁っているけど、澄んでいる。

いや……少し濁っているからこそ、より晴朗《せいろう》に感じるのだろうか。

ちぎれ雲が空の青さを教えてくれるように。

グラスをほすと、マスターが声をかけた。

「ちょっと川を眺めませんか」
三人はバーの扉を押して、外階段を降り、多摩川の堤《つつみ》にのぼった。
月が上っている。
頬《ほお》をなでる春風が心地いい。
いつのまにか霧は風に払われて、いまは川の流れの上にたゆたっている。
そうして月の光をうけて、霧は白絹《しらぎぬ》のように輝いていた。
はたして階段の数が13だったのか——。
森は、確認するのを忘れていた。

桃花林酒

Bar Riverside

いきなり腰がギクッとした。

久々に大阪に行こうとした朝のことだ。

テーブルに向かって玄米フレークを食べながら、天気予報を見ようと、テレビの方を振り返ったときだった。

あ、と声を出す間もなかった。

腰から下が抜けたようになって、まったく力が入らなくなり、ヘンな無重力状態に陥《おちい》ってしまった。ぎっくり腰が青天《せいてん》の霹靂《へきれき》のようにやってきたのだった。

なんとか椅子《いす》から立ち上がろうとするが、力を入れた途端、腰に雷撃《らいげき》のような痛みが走った。

思わず両手でテーブルをつかんで、からだを支える。

額と脇の下にじっとりと脂汗《あぶらあせ》が浮いてきた。呼吸が浅くなっている。

とにかく、焦《あせ》らないことだ……。

自分に言い聞かせて、大きく息を吸いこみ、深々と息を吐きだした。

心臓がドキンドキンと脈うっているのがわかる。そのリズムに波長を合わせるかのように、腰の痛みが二拍子《にびょうし》で襲いかかってくる。

川原草太の弱点は腰である。

大学の助手時代、研究室での立ち仕事と人間関係のストレスが重なって、ぎっくり腰をたびたび患《わずら》い、ついには椎間板《ついかんばん》ヘルニアになって手術を受けた。その後、ベッドに入る前には腰を伸ばすストレッチをし、自分なりにからだをケアしてきたつもりだが、心身の疲労が重なると、決まってぎっくり腰になってしまう。

ったく、なんでこんなときに……。

自分のからだを呪《のろ》って舌打《したう》ちした。

午後イチの新幹線に乗らなければ、掘り出し物のオークションに間に合わない。どうしても欲しいオールド・ファッションド・グラスがあったのだ。大阪では親しいバーテンダーたちの会合にも出席する予定だった。

テーブルから床を這《は》うようにして、やっと携帯電話を置いてあるソファまでたどり着いた。荒い息をしながらボタンを押し、行きつけの台湾気功《きこう》整体院に電話をかけた。

「はい。こちら、台湾整体、です」

「もしもし。川原ですけど」

「あ、マスター？　どう、されましたか？」

受話器の向こうから凛《りん》と透き通った声が返ってきた。電話を受けたのは、整体院のオーナーで院長をつとめる周雪麗《しゅうせつれい》女史である。先生はバー・リバーサイドの常連客だ。

「ぎっくり腰になったみたいで……」

「今からこちらに、来られ、ますか？」周先生が落ち着いた声で訊《き》く。

「……いや、ちょっと……歩ける自信が……。でも、今日、どうしても大阪に……行かなくちゃならなくて……」

思わず情《なさ》けない声になってしまった。

「わかりました。わたし、すぐ行きますから。そのまま安静にしていてくださいね」

電話の向こうから、力強い声が響いた。

半時間ほど経《た》って、玄関ドアをコンコンと叩《たた》く音があった。

犬のように四つん這《ば》いになって、苦悶《くもん》の表情を浮かべながらどうにかこうにか玄関に向かう。

「あわてなくていい、ですよ」

玄関の向こうから、周先生のやさしい声が聞こえてきた。

「あ…あ…」痛くて言葉にならない。

「ほんと、ゆっくりでいいです、からね」

先生が再びドアの外から、少したどたどしい日本語で優しい声をかけてくれる。

文字通り這々《ほうほう》の体《てい》で玄関にたどりつき、大きく息をつく。

全身汗みずくになりながら、ドアの鍵《かぎ》をやっとのことで開けた。

と、そこに栗色《くりいろ》の長い髪をポニーテールにした周雪麗先生が、白衣をひるがえして立っていた。

すっきりと鼻すじの通った細面《ほそおもて》、涼しげな目、ぽってりと柔らかそうな唇、メリハリのある抜群のスタイル……どこをとっても申し分のない台湾美人。

三十代前半にしか見えないが、ほんとは五十歳を少し超えている。

白衣を着たままポンコツ自転車に飛び乗り、二子玉川のはずれにあるマスターの自宅まで颯爽《さつそう》とやってきてくれたのだ。

腰の調子が万全なとき、こんな美女に部屋に入ってこられたら、己《おのれ》を律する心をもったマスターでさえ、つい気もそぞろになっていただろう。むくむくと邪《よこしま》な心が頭をもたげてきたに違いない。

しかし、今日はそれどころではなかった——。

周先生との付き合いは長い。

京都での大学勤めを辞《や》めて二子玉川に戻り、店を始めてすぐの頃からなので、かれこれ二十年近くになる。

そのときもぎっくり腰がきっかけだった。

どこかいい治療院はないかと電話帳で探していると、「二子玉川・台湾気功整体院」という文字が目に飛び込んできたのだ。

「中国整体」というのは都内にたくさんあるけれど、「台湾整体」というのは珍しい。台湾とマッサージの組み合わせは、どうしても、新宿あたりの怪《あや》しげなものに結びつく。しかし、マッサージじゃなくて整体と書いてある。これは真《ま》っ当《とう》なところなんじゃないか……。

ビーフンや腸詰《ちょうづ》めが好物なので、以前から「台湾」に何となく惹《ひ》かれていたのもあった。マスターの父親は太平洋戦争のときに学徒出陣《がくとしゅつじん》し、終戦を高雄《たかお》の海軍警備府で迎えていた。子どもの頃、父親のアルバムには「台湾にて」というページがあって、ヤシの木陰で川をバックに飛行服姿の父が腰に手をあてて立っていた。戦友とバナナをおいしそうに頬《ほお》張《ば》る写真もあった。その頃をなつかしく語る父のそばで、知らずしらずのうちに台湾に親近感を抱いていた。

台湾整体院に、すぐ電話をかけた。

二十年前のそのとき、電話口に出てきたのが周先生だった。

おぼつかない日本語だったが、そのたどたどしさに、かえって親しみを感じた。飾らない無垢《むく》な思いが言葉のはしばしから伝わってきた。流暢《りゅうちょう》な日本語をぺらぺら喋《しゃべ》られていたら、かえって警戒していたかもしれない。

整体院は、二子玉川駅にほど近いビルの六階にあり、はじめは、腰痛の緊急治療のため、週二回のペースで続けて通った。

椰子《やし》の木のプランターが置かれた十畳ほどの部屋にベッドが三つ。

台南《タイナン》出身の周先生のほかに二人の先生がいる。

王《おう》先生は台北《タイペイ》、陳《ちん》先生は嘉義《かぎ》の生まれと、三人の先生たちは出身地がそれぞれ違っていて、治療を受けながらのおしゃべりがとても面白かった。地方色豊かで、整体院に行くだけで台湾を旅する気分になれた。まるでホウ・シャオシェン（侯孝賢）監督の映画の世界にいるみたいだった。夜型《よるがた》生活で、ともすれば心身が鬱屈《うっくつ》しがちだったが、台湾整体に行った日は、どこか晴れ晴れとした気分になった。

ひどい腰痛が治《なお》ってからは、月二回、通うようになった。

立ち仕事のうえに氷を扱うので、どうしてもからだが冷えて硬くなってしまう。腰痛はバーテンダーの職業病だ。周先生の整体院を知ってから、マスターのからだはだいぶ調子を取り戻し、楽になっていった。

しかし、今朝の腰痛は特別だった。

まったく整体院に行ける状態ではない。

電話から響くマスターの声にただならぬ気配《けはい》を感じた周先生は、脱兎《だつと》の勢いでマスターの自宅までやってきてくれたのだ。

腰をほぐしながら、

「これ、痛いか?」周先生が訊《き》く。

緊急事態になると、少し日本語がおかしくなるようだ。

「く…く…く……」

「ここ、痛い、ね?」指でぐいぐいツボを押しながら、しつこく訊いてくる。

「く……い……いた」

「悔いた? なにか後悔ある、ですか?」

「ち、ち、ちが……」

「血が、出てる、のか?」

「い、いや……」

「嫌?　指圧、嫌か?」ぐいぐい。

「ひーっ……」

「もう少し、だから、我慢するね」

眉間《みけん》に皺《しわ》を寄せながら、周先生は指先に全体重をかけて、強烈に押しつづけた。

＊　＊　＊

突然のぎっくり腰の再発から一週間後。店を開けてまもない時刻。

バー・リバーサイドの重たい木製扉《もくせいとびら》がギギッと開き、

「よかった!　元気、ですね。大阪に行けた、ね」

ひまわりのような笑顔を見せて、周先生が入ってきた。

言葉遣《づか》いはヘンだが、白い歯を見せて心底から喜んでくれている。

「おかげさまで、その節《せつ》はほんとうにありがとうございました」

マスターが45度の角度で折り目正しく腰をかがめ、礼を述べた。

「その姿勢、腰に、よくない、ですね」

先生が美しい眉《まゆ》をしかめて言う。

両手をちょっと腰にあてて、マスターがニコッとうなずいた。

いつものことながら、琉平は周先生の容姿《ようし》に見とれて、半《なか》ば口を開けたままだ。

スツールに座るが早いか、先生はマスターの方に向きなおって「じゃ、いつものお願いします」と声をかけた。

「承知いたしました」

そう言って、マスターが琉平をちらっと見る。

「はい」

あわてて口を閉じた琉平は、8オンスのグラスにコロンと氷を入れ、メジャーカップで紹興酒《しょうこうしゅ》を手早くはかり、グラスにさっと注ぎ入れる。そうして烏龍茶《ウーロン》でグラスをたっぷり満たして、ステア。カウンターの向こうから長い指先ですっと滑らせた。

「ドラゴン・ウォーターです」

「謝謝《シエシエ》」

赤みがかった琥珀色《こはくいろ》の液体を、周先生は白いのどを見せて、飲んだ。

紹興酒は先生のためだけに台湾の埔里《プーリー》産のものを冷蔵庫に入れてある。烏龍茶は、阿里《あり》山《さん》の麓《ふもと》でとれた手摘みの高山茶《こうざんちゃ》を使っている。

周先生は辰《たつ》年生まれで、守護神は龍なのだそうだ。家のなかには龍の置物やオブジェがたくさん飾られている。バー・リバーサイドに通ううちに、龍の名のつくカクテルがあることを知り、最初の一杯はもっぱらドラゴン・ウォーターになった。

琉平は、先生の表情を見逃すまいと食い入るように見つめている。

先生はカクテルの繊細微妙《せんさいびみよう》な風味の違いを、微《び》に入《い》り細《さい》をうがって指摘する。気に入らないときは、ひとくち飲んだだけで黙って席を立ったこともあった。たとえ毎回同じカクテルを作っても、気に入ってくれたかどうか、そのつど心配だった。

「好喝《ハオフー》。これ、おいしいねぇ」

そう言って、婉然《えんぜん》と微笑《ほほえ》んだ。

琉平は周先生に褒《ほ》められ、ほっと胸を撫《な》でおろして一礼し、マンゴーのドライフルーツを小皿に載せて、先生の方にサーブした。

周先生の瞳《ひとみ》が少し開き、すかさずそれを口に運ぶ。

ドライフルーツなのに、しっとりとジューシーな味わいに、おもわず先生はたずねた。

「このマンゴー、どちらから？」

「マスターの知り合いの、台北のお茶屋さんから取り寄せました」

琉平が胸を張ってこたえると、先生は「やっぱり」と言って、うれしそうに何度もうなずく。

先生の長い髪がふわりと揺れて、窓ガラスから入る夕日に茜色《あかねいろ》に染まった。

半分ほど液体の残ったグラスをカウンターに置き、味わいの余韻《よいん》を楽しんだ後、先生はおもむろに口を開いた。

『通《つう》ぜざれば痛み、通ずれば痛まず』という言葉、あります」

マスターがかすかに首をひねる。

琉平の口が再びあんぐりとなった。

いったい何が通じて、何が通じないのだろう?

マスターと琉平は顔を見合わせた。

「からだの中には『気』の流れる川、ありますね。ツボとツボを結ぶ川のことです。『気』は目には見えませんが、たとえば……」と言って、琉平を指さし、

「あなた、いまドラゴン・ウォーター作るとき、気持ちを強く込めましたね?」

「は、はい」あわてて琉平がうなずく。

「その気持ち、紹興酒と烏龍茶に、伝わりました。氷にもグラスにも、伝わりました。だから、おいしいカクテルに、なったね。気は、目には見えないけど、確かに伝わる。『気

が合う』いう日本語、ありますね？　気が合うと、いいこと、起こります」

グラスを磨く手を休めて、マスターが、

「たしかに……目に見えないもので、ぼくらの人生って左右されていますよね。重力も電波もみんな目には見えないけれど、はたらきがありますから」

と同意した。

めずらしく琉平が真面目《まじめ》な顔で、

「こうやって話している言葉だって、目には見えませんもんね」ぼそっとつぶやき、

「で、先生。さっきの『通ぜざれば痛み、通ずれば痛まず』って、どういう意味なんすか？」身を乗り出して訊いてきた。

「気が通じないとからだに痛みが生まれ、気が通じると痛みは消える、ということです。からだの中の川が詰まると、病気になります」

「気詰《きづ》まりな状態ってことですね？」得心《とくしん》のいった顔で琉平が言う。

「ゴミがたまると、川の水、さらさら流れません。からだも同じです。気が詰まると、そこに必ず痛みや痺《しび》れ、出ます。気が詰まらないように、川の流れを良くする。それ、わたしの仕事です」

こんどはマスターが、

「腰の調子が悪いのは、腰のところで気が詰まっている状態、ということですか？」

「そう。気の流れの交《まじ》わるところが、詰まりやすい」

「だからツボを押して、気が流れるようにするわけですね」とマスター。

「その通り」先生はにっこりと微笑んだ。

琉平が、本来の利発《りはつ》そうなまなざしになって訊く。

「航空写真を見たときに思ったんですけど、川の流れって、地球の血管みたいですよね。多摩川、野川、仙川《せんかわ》の流れが集まる二子玉川ってツボみたいな土地なんですか？」

周先生は静かにうなずいた。

琉平は続けて、

「先生はどうして、この二子玉川で整体院を開こうと思ったんですか？」

「台湾でいちばん高い山、名前は『玉山《ぎょくざん》』です。『玉』はめでたい言葉。宝石や美人も『玉』と言います。『川』は気の流れの象徴。『子』は栄えるの意味。『二子玉川』という文字、初めて見たとき、『縁起《えんぎ》がいい』と思いました。実際、日当たりもいい。緑もいっぱい。土地の気、とても良いです。わたし、子どもの頃から、ずっと川のある街で育ってきました。だから、水が近くにないと、落ち着かないのです」

周雪麗先生は遠いまなざしになって、つぶやいた。

＊　　＊　　＊

周先生は、台湾南部の台南《タイナン》で生まれた。

「わたし、マングローブの茂る大きな川の河口《かこう》近くで育ちました」

空はどこまでも青く、気根《きこん》を垂らした大きなガジュマルの樹が街のそこかしこにあった。ガジュマルの太い枝や根は、煉瓦《れんが》造りの家の壁をくねくねと這《は》いまわり、椰子《やし》の葉が風に揺れ、ブーゲンビリアの花は競うように咲き乱れていた。水辺にはたくさんのシラサギが群れていた。

「いまも覚えているのは、川の上を飛び回るツバメの姿を、母とふたりで見たときのこと。ツバメ、とても楽しそうに飛んでいたんです。見ているわたしたちもすごく幸せになった。ほんとに小さかったころのことです……」

小学校の先生をしていた母は、ツバメが日本から何千キロも旅をして台湾にやってきて、やがて南のフィリピンやタイまで飛んでいく、と教えてくれた。

「わたし、それ聞いて、鳥肌《とりはだ》たちました」

小さな鳥が必死に羽ばたいて、海の上を渡っていくのを想像すると、ちょっとせつなくなった。

羽《はね》を動かさないと海の上に落ちてしまう……。

群れからはぐれないように、互いに鳴き交《か》わしながら飛んでいるのだろうか？

仲間たちとどうやって連絡をとって飛ぶんだろう？

大きな海には羽を休めるところもないのに、いったいどこで眠るんだろう？

幼い雪麗は空を自由に翔《かけ》るツバメに憧《あこが》れた。

「いつか、わたしもツバメのように知らないところに行ってみたい、と思ったです」

マンゴーのドライフルーツをひとかけら摘《つ》まんで、周先生が微笑《ほほえ》んだ。

「もうすぐ多摩川にもたくさんツバメが渡ってきますよね？」

マスターが言う。

浄水場《じようすいじよう》近くのヨシ原にツバメの集団ねぐらがあるのだ。

「そうなんです。ツバメ、やって来るの、毎年楽しみです。なかには、きっと台南からやって来るツバメもいますよ」

思えば、周先生の母方の先祖はツバメのように大陸の福建《ふつけん》から台南に渡ってきた。台湾原住民のパイワン族の血も混じっているので、彫《ほ》りの深い顔だちをしている。

父は上海《シヤンハイ》生まれ。髪にウエーブがかかっているのは回族《かいぞく》の血が入っているからだ。国民党の軍楽《ぐんがく》隊員をつとめ、太平洋戦争の後、台湾に渡ってきた。軍楽隊ではサックスを吹いていたが、台南では中学の音楽教師になった。

父は暇《ひま》があると、川辺の木陰《こかげ》でサックスの練習をした。雪麗はやさしい父が大好きで、いつも一緒にベンチに座って、父の奏《かな》でる音に耳を傾けた。

水面《みなも》を流れていくウォーターヒヤシンスを眺めながら、サックスの音色《ねいろ》を聴いていると、気持ちがよくて、ついうとうとした。


それは、春の日のことだった。

父は練習の手を休めると、煙草《たばこ》を取り出し、ゆったりと煙をくゆらせながら、

「なあ、雪麗」

目の前の川を指さして、

「おまえ、川が好きだろう？」

雪麗はつぶらな瞳《ひとみ》を父に向け、こっくりとうなずいた。

「じゃあ、お父さんが子どものころに聞いた、川のお話をしてあげよう」

雪麗は「わーい」と手をたたき、白い歯を見せた。

父は、やさしく微笑むと、おもむろに口を開く。

昔むかし、あるところに、ひとりの川漁師《かわりようし》が住んでいました。

お話好きの雪麗は目を輝かせて、じっと話に聞き入った。

ある日、漁師が舟を漕《こ》いでいくと、霧が出てきて、自分がどこにいるのか、さっぱりわからなくなってしまいました。

それでも、艪《ろ》を動かしていると、やがて霧が晴れていきました。

と、川の両岸には、見渡すかぎり、桃の花が咲いているのです。

やさしい風が吹くと、ピンクの花がはらはらと舞い落ちていきます。

不思議に思いながら、さらに川をさかのぼっていくと、川べりに小さな洞窟《どうくつ》があらわれ、そこから、かすかに光が射しているのです。

漁師は好奇心にかられ、舟から降りて穴の中に入っていくと、いきなり明るい場所に出ました。

そこには穏やかな田園風景が広がり、桃の花が咲き誇《ほこ》っていました。村人たちは歌をうたいながら楽しそうに野良《のら》仕事をしています。お下《さ》げ髪の子どもや白髪の老人もうららかな光を浴びています。

漁師が道を歩きはじめると、ひとりの村人が漁師を見つけました。

「あんた、いったい、どこから来たんじゃ？」

漁師が今までの経緯《いきさつ》を話すと、興味をもった村人はもっと話を聞きたいと言って、晩ごはんをごちそうしてくれました。

お酒がまわってくると、村人は、自分たちの先祖は戦乱を避けて、ここにやってきたと言いました。

「それからは二度と外とは関《かか》わってこんかった。欲ばりな人間がこの村にたどり着くことは決してできん。ところで……いま、外はどうなっておるんかのう？」

漁師が外の世界を語ってあげると、村人はたいそう驚きました。

それからは毎日、漁師はもてなしを受けたのでした。

やがて半月が過ぎ、漁師も、さすがに暇乞《いとまご》いをしようと思い、

「とても楽しい日々でしたが、そろそろ帰らねばなりません。ご恩は一生忘れません。ほんとうにありがとうございました」と村人に言いました。

「ほうか……」

村人は寂しそうな顔をしました。

そうして、別れ際《ぎわ》、ちょっとためらいながら、

「すまんが、この村のことは、ほかの人に絶対にしゃべらんと約束してほしいんじゃ……」

「もちろんです。お約束します」

漁師はあちこちに目印《めじるし》をつけながら家路につきました。もう一度戻ってきたかったからです。

自分の村に帰り着くと、漁師はいきなり役場に引き立てられて体験を報告させられました。役人は、平和な村の秘密を探ろうと、さっそく漁師を先導させて川をさかのぼる旅に出ました。

しかし、なぜか、道しるべの目印が見つかりません。

役人は漁師を小突《こづ》いて、お前を牢屋《ろうや》にぶち込んでやると脅《おど》しましたが、漁師にもなぜ目印がなくなっているのか、わかりません。

結局、ふたりは桃の花の村には、どうしてもたどり着くことができませんでした。

その後、不思議な村の話を聞いたべつの男が、そこに行こうとしたのですが、どういうわけか急に病気になって亡くなってしまったのだそうです。

それからは、桃の花の村に行こうという人は、誰もいなくなりました――。

父は語り終えると、水の流れをぼんやり見つめていた。

煙草はとっくに白い灰になっていた。

傾きはじめた光のなかで、雪麗はなんだかとても悲しく、せつない気持ちになった。

どうして漁師は桃の花の村に行き着くことができなかったんだろう。

ヘンな欲をもってしまったからなの？　約束を破ってしまったから？

でも頭の片方では、目の前を流れるこの川をさかのぼっていくと、ひょっとしたら、桃の花の村にたどり着けるんじゃないかと思った。

わたしなら行けるかもしれない。でも、行きたいと思えば思うほど、行けないのかな……。欲のあるひとは決してたどり着けないって……でも………。

負けん気の強い雪麗は、居ても立ってもいられなくなった。

どうすればいいんだろう？

そう思いながら夕映《ゆうば》えの空を仰ぎ見ると、ツバメが三羽、雪麗の頭の上を滑るように飛んでいった。

そうだ。ツバメになったら行けるかもしれない。どんなに遠くたって飛んでいけるんだもん。

雪麗の思いを感じとったのか、ツバメが彼女の傍《かたわ》らをひゅるると鳴きながら、小さな頭を傾けて飛んでいった。

ツバメと目が合ったような気がして、雪麗は、ちょっとうれしかった。

「ひょっとして、多摩川をさかのぼると、桃源郷《とうげんきょう》があるかもしれませんよ」

琉平が真面目な顔をして周先生に言う。

「かもしれないね」

先生はあどけない笑みを浮かべ、のどが渇《かわ》いたのか、ドラゴン・ウォーターをごくごくと飲んだ。

そして飲み終えると、再び、口を開いた。

「わたし、十二歳のときに、家族で台北に引っ越したんです」

台南では中国大陸から渡ってきた外省人《がいしょうじん》ばかりの暮らすエリアに住んでいたが、根っからの台湾人である母や台湾びいきの父に対する嫌がらせが重なり、周一家《いっか》は居たたまれなくなって、台北に移動したのだった。

大陸系の外省人と、以前から台湾に住んでいた本省人《ほんしょうじん》との間には深刻な対立が生まれていたが、父はやさしい人だったので、決して本省人に対して傲慢《ごうまん》な態度を取ることはなかった。むしろ台湾語もしっかり覚えようとしたが、そんな父は、外省人の狭い社会のなかで孤立を深めていったのだ。

「後《あと》から島にやってきたのに、エラソーに台湾を牛耳《ぎゅうじ》ろうなんて、許せないですよね」

氷を割っていた琉平が、アイスピックを持ったまま憤然《ふんぜん》として言った。

周先生がうなずいて、

「郷《ごう》に入《い》っては郷に従え、なのにね」

「台北は、どのあたりに住まれていたんですか？」

マスターが訊く。マスターは台北が好きで何度も遊びに行っている。

「淡水河《たんすいが》の近く、萬華《ばんか》という街です」

「古いお寺のある、下町っぽくていいところですよね？」

「ええ。浅草とか天王寺《てんのうじ》に似てますよ」

マスターが台北に詳しいので、周先生は思わず顔をほころばせた。

「龍山寺《りゅうざんじ》のすぐ近くで、母方の祖母が古着を商《あきな》って、ひとりで暮らしてました。わたし、龍って名前のつくお寺あること知って、とってもうれしかった、です」

龍を自分の守り神と信じる雪麗はなにか吉兆《きっちょう》を感じて、桃の花の村もきっとこの川をさかのぼったところにある、と胸騒《むなさわ》ぎを覚えるのだった。

日を経《へ》ずして、父も母もさいわい教職につくことができ、毎朝、仲良くバイクに二人乗りして学校に出かけた。

しかし、平穏《へいおん》な日々は長くは続かなかった。

ある日、学校に向かっていたバイクが国民党の高級幹部の車に当て逃げされ、両親はあっけなく事故死してしまったのだ。国民党が絶対的な権力をもっていた時代。結局、事件は闇《やみ》から闇に葬《ほうむ》り去られ、十四歳の雪麗ひとりが取り残された。

「両親をひき殺されたのに、結局、泣き寝入《ねい》りってことっすか？」

琉平が目尻を釣りあげて、鼻の穴をふくらませた。

「あのころ国民党に逆《さか》らうと、たいへんな目にあいました。とてもひどい時代でした。いま、思い出しても、腹が立つよ」

周先生の口もとが怒りで少しふるえた。


先生の両親の夢は、雪麗を医者にすることだった。

近くに住む祖母は、自分が雪麗の面倒をみて、娘夫婦の夢を何とか実現させようと、孫と一緒に暮らすことにした。

祖母はほそぼそと古着屋をやりながらも、ひとから頼まれると、ときどき占いや気功《きこう》もやった。もともと祖母は霊感が強かったのだ。

両親の死を受けいれられず、たましいの抜けた状態で家に引きこもる雪麗を見て、ある日、祖母は近くの廟《びょう》に連れて行った。線香を手に持ち、雪麗の全身にその煙を吹きかけながら呪文《じゅもん》を唱え、からだを何度も撫《な》でさすってくれた。

やがて、青白かった顔が紅潮したかと思うと、迷子になっていた魂《たましい》がからだに戻って、またたく間に雪麗は元気になっていったのだ。

我が身に起こったことだが、雪麗には不思議でならなかった。理屈ではわからない迷信のようなもので、自分のからだが治ったのだ。

この世には、科学だけでは、はかりきれないものがある……。

勉強のよくできた雪麗はそれまで、お寺や廟へのお参りやお祈りをどこか蔑《さげす》んでいるところがあった。台湾が先進国になれないのは、いまも古くさい風習がはびこっているからだと、祭祀《さいし》や神事《しんじ》をないがしろにしていた。

しかし、自らの体験で、今までの考えが少しずつ変わっていった。

雪麗は、西洋医学だけが医療の道じゃない、と思うようになったのだ。

そうして祖母に連れられ、各地の廟を訪ねたり、巫女《ふじょ》に会って、神さまやたましいの話を聞いたりもした。台湾では目に見えないものが大切に守られてきたことを知り、古くから守られてきたものには、確かな理由があることもわかってきた。

祖母がいつも言う「古きをたずね、新しきを知る」という言葉に、古着屋を営《いとな》む理由が隠されていることもわかった。なにより雪麗の目には、欲得《よくとく》なしで働く祖母の姿がまぶしく映《うつ》った。

祖母はお金や物に頓着《とんちゃく》せず、ただ、古着についた悪霊《あくりょう》に気がつけば、それを祓《はら》って良い気を入れることに専念していた。古着が新たな主人のもとで、生き返ることをとても喜んでいた。

毎日の仕事を終えると、酒好きの祖母は川辺《かわべ》の居酒屋に行き、紹興酒《しょうこうしゅ》を飲んで酔っ払った。雪麗は毎晩十時を過ぎると居酒屋に出向いて、足もとのおぼつかない祖母を背負って家まで帰った。

「雪麗や。大きくなったら、桃のような人におなり。桃は実も花も種《たね》も、みんな薬になる。人を助ける仕事におつき。他人さまの魔《ま》を払ってあげるんだよ」

呂律《ろれつ》が回らないながらも、祖母は雪麗の背中越しにやさしくささやいた。

周りの人は酒食《さけく》らいの老婆を見て、指さして笑ったが、

「自分の稼いだお金で好きなお酒を飲んで、何が悪いの」

と雪麗は顎《あご》をあげ、背すじを伸ばし、祖母を背負う腕に力を込めるのだった。

＊　　＊　　＊

「旅が好きなのは、父と母の血を引いてるから。お酒が好きなのは、きっと祖母の血を引いているからね」

周先生がちょっと頰《ほお》を赤らめ、ドラゴン・ウォーターの残りをおいしそうに飲みほした。

「で、日本にはいつ来られたんでしたっけ？」

琉平が爽やかな笑顔で訊いた。

「阪神淡路大震災の年、東京に、来ました。地下鉄サリンの事件も、ありましたよね」

「私も腰のヘルニアを手術したりで、なんだか大変な年でした」とマスター。

先生はうなずいて、

「まさか、その四年後、台湾にも大きな地震が来るなんて、思いもしませんでした。そうして、あの3・11にも、遭遇《そうぐう》しました」

おもわずマスターも琉平も言葉を飲みこんだ。

「あのとき、こちらは……？」先生が逆に訊いてきた。

「グラスもボトルも落ちて、滅茶苦茶《めちゃくちゃ》になりました。店の中はアルコールの匂いが充満して、床《ゆか》一面にガラスの破片が飛び散っていました」

マスターが落ち着いてこたえる。

「放射能《ほうしゃのう》が絶対に東京に来るから、もうダメだと思ってました。真剣に沖縄に逃げようと、何度も考えましたよ。ウチナーの友だちも『なんで早く帰らんか!』って言ってくるし。でも、仕事を辞めるわけに行かないから……」と琉平。

「わたし、震災の少し前から、ずっと具合が悪くて、ふさぎ込んでました。食欲もなくなって、体重もあっという間に減って……何かとても怖くて、ほとんど眠れなかった。うとうとしたかと思ったら、すぐ目が覚《さ》めて、底なしの暗闇に吸い込まれそうで……朝まで眠れない日、続きました」

「先生は感度の高い方《かた》ですから……」

マスターが考え深い目つきになって言った。

「三月十一日のあのとき、じつは、心療内科《しんりょうないか》でカウンセリング、受けていたんです。突然、ガタガタッと大きな揺れがきて……あわてて外に出ると、たくさんの電線が縄跳びみたいにグルングルン揺れて……道路は上下に波うって……ほんとうに怖かった」

「そんなときに震災にあったんですか……」

琉平が眉を曇《くも》らして言う。

「道も割れるかもしれないと、もう怖くてこわくて。カウンセリングもストップして、なんとか家に帰ったです。そして被災地《ひさいち》の様子、初めてテレビで観《み》たとき、『きっと、わたし、何かの波動を受けて、心とからだがサインを出してたんだ……』と気づいた。そしたら、それまでわたしを包んでた重たいものから解放されて、こころの状態がもとに戻っていったんです」

「ぼくの親しい水中写真家は、地震の直前から急に腰の調子がひどくなって、まったく起き上がれなくなったんです。かれは普段からとても敏感なので、海の中でも陸にいてもいろんなものに感応《かんのう》しやすいのですが、先生の無意識も地震を予知していたのかもしれませんね」

とマスターが言った。

「腰痛は精神《こころ》から来ること、とても多いです」周先生がこたえる。

琉平が学生のように手をあげ、

「先生。質問があります」口をとがらせて訊いた。

「はい。琉平クン。どうぞ」周先生はやさしくうなずく。

「患者さんの悪い気が伝わって、体調が悪くなることってないですか？　先生はいろいろと感じやすいから大変でしょ？」

周先生は笑って、

「じゃあ、アルコールで邪気《じゃき》を払いながら、お話しましょう。そうねえ」

ちょっと考え、

「デラマン・コニャックのXO《エックスオー》。ストレートで、お願いします」

「かしこまりました」

琉平がこたえ、琥珀色《こはくいろ》の液体をメジャーカップではかって、細身のチューリップ型グラスに1ジガー（45CC）入れ、さらに目分量《めぶんりょう》で少し足した。

「先生のオーダーなんで、ちょっとサービスしちゃいました」

ちらっと横目でマスターを見る。マスターは見て見ぬふりをしている。

「ありがと」

先生はグラスの脚《あし》の部分を持つと、カウンターに射《さ》しこむピンライトで液体の色を確認する。グラスをくるっと軽く回転させると、赤みがかった琥珀色の液体がゆらりと揺れて、グラスの内側に細い滴《しずく》が何本もつつーっと伸びていった。

「レッグが、きれい」思わず感嘆《かんたん》の声をあげた。

そして先生はカウンターにグラスを置く。こんどはフットプレートの部分を軽く押さえるようにしながら、ゆっくり円運動させる。揺らすことでコニャックの香りが開いていく。カウンターの向こうにいるマスターや琉平も甘く芳《かぐわ》しい香りに包まれた。

「ビロードみたいに柔らかい……上品な香り……」

先生が、ひとくち、飲む。

瞬間、表情がパッと明るくなって、また、ひまわりの花が咲いた。

「整体院には、ほんと、いろんな人いらっしゃいますよ」

先生がグラスを置いて、静かに言った。やわらかそうな唇がコニャックですこし濡《ぬ》れている。

「バーと同じですね」琉平が話を合わせる。

「腰や肩、首など、体調の悪いひとは、パッと見て、わかります。全体にどんよりしてるんです。オーラが弱くて、からだの輪郭《りんかく》、滲《にじ》んでいます。

若い頃は、そういう人に対して『可哀想《かわいそう》』、思ってました。でも、そんなわたしの心に患者さんのネガティブな気、どんどん入り込んできました。大変な目にあったこと、何度もありましたよ」

「へんに情《なさけ》をかけないことですね?」とマスター。

「はい。臍下丹田《せいかたんでん》が開いてしまうと、そこから邪気《じゃき》が入ってくるんです。弱っている人に寄り添うのはたいせつ。だけど、思いすぎてはダメ」

「過《す》ぎたるは及《およ》ばざるが如《ごと》し、という諺《ことわざ》、ありますもんね」

と琉平がうなずき、

「これ、コニャックに合うと思いますよ」と言って、小皿に載った枝付きの干し葡萄《ぶどう》を差し出した。

「あら、今日はドライ・フルーツのシリーズね」

先生はうれしそうに白い歯を見せ、両手を使って、小枝からレーズンを丁寧《ていねい》にはずして、口に入れる。そしてコニャックグラスの細い脚をもち、上品にひとくち飲んだ。

「やっぱり、葡萄から生まれたもの同士、とても相性いいね。おいしいよ」

先生がやさしく微笑《ほほえ》みかけると、琉平は珍しく頬をぽっと赤くさせて、頭を下げた。

「おつまみで、お酒の酔《よ》い心地《ごこち》ってアップしますね？　マスター」と先生。

「気持ちよくなっていただければ、うれしいです」

先生はうなずいて、

「そのために、まず上質のお酒用意して、お店の中と外、毎日きれいにして、バーテンダーは身だしなみ整え、ことば遣《づか》い、ちゃんとして……」

そこまで言って、先生は琉平の方に視線を送る。

琉平は、軽く咳払《せきばら》いし、背すじをしゃんと正した。

先生は再び微笑んで、続けた。

「お酒に合うおつまみ考えて、心地よい時間と空間、お客さんのために、作るんですよね？」

マスターはしっかりとうなずき、

「『この店に来てよかった』と思っていただければ……」

「だからといって、お客さんに媚《こ》びてはダメ、ですもんね？」

「ええ。お客様とバーテンダーの間には、カウンターという深い河がありますから。ある先輩は『お客さんと女性とお金は、追えば追うほど逃げちゃうよ』と言っていました」

先生は、ほんとほんと、と相づちをうち、

「たいせつなのは、距離の取り方？」

「間《ま》、ですか」とマスター。

「それって、バランス、かもしれませんね。からだも陰陽《いんよう》のバランス崩れると、病気になりますから」

「いま、飲まれているコニャックは、まさに、バランスのお酒ですよ」

とマスターが言うと、先生は興味深げに身を乗り出す。

「強い性格の酒には穏《おだ》やかで優しい酒をブレンドして、何十年もかけて、懐《ふところ》が深くバランスのいい酒を造るんです」

とマスターが続けた。

「いったい何種類くらい、お酒、混ぜますか？」

先生が訊く。

「六〇種類から多いもので一〇〇種類以上のお酒を混ぜ合わせて造ります」

「一〇〇種類も！」目をみはった。

「それぞれ個性のある酒をブレンドして、全体として、ま〜るい酒にするんです」

先生はちょっと思いをめぐらしているようだったが、おもむろに、

「そうか。台湾はコニャック目指《めざ》せば、いいんですね……」

「台湾とコニャック？」

と、こんどはマスターがたずねた。

「台湾はいろんな血、ブレンドされてます。台湾は中国の一部、言う人もいます。でも、わたし、台湾は台湾人のくに、と思ってます」

「台湾人……？」

「もともと台湾に住んでた原住民《げんじゅうみん》のひとたち。そこに太平洋戦争前から台湾に住んでた本《ほん》省人《しょうじん》、戦後に大陸から渡ってきた外省人《がいしょうじん》が混ざり合って、いまの台湾人になりました」

「かなりのブレンドなんですね。ぜんぜん知りませんでした」

　とマスターが応じる。

「わたし自身、混血です。父は大陸から渡ってきた外省人で、母は本省人です。母の先祖、もともと大陸の福建《ふっけん》出身ですが、原住民の血も入ってます」

　と先生が言うと、琉平が、

「沖縄人《ウチナーンチュ》もいろいろ混ざってますよ。なんといっても、チャンプルーの土地ですから」

「台湾にはフィリピンやインドネシアからの移民も多いです。いろんな人が集まると、たくさんの葛藤《かっとう》、生まれますね。波風《なみかぜ》は大変だけど、とてもたいせつ。波風あるから、それぞれ混ざり合って、新しいもの生まれます。昔も今も、台湾はいろんなひとがやってきた島でした。オランダ人、スペイン人、中国人、日本人……みんな、『桃の花』が咲いていると思って、海を渡ってきました」

「先生は、逆に、台湾から日本にいらっしゃった……」とマスター。

「ええ。わたし、日本に桃の花、求めて来たんです」

　そう言って、先生がグラスを口もとに運ぶと、液体が美しい赤茶色《あかちゃいろ》にきらめき、花のような香りがカウンターの向こうとこちらに漂《ただよ》った。

「誰しも、よその土地や遠いところに花は咲いている、と思いたいですよね」

マスターがぽつりと言う。

先生は深くうなずき、ひとつひとつ言葉を選ぶように話しはじめた。

「わたし、いったい自分が何者《なにもの》か、よくわからなかった。中国系だけど、中国人じゃない。原住民の血も混ざってる。中途半端な存在と思ってました。わたし、根っこがない……だったら、日本に行こうと決めました」

そして、やってきた東京。

周先生は中国整体院で働いたが、中国人の同僚から酷《ひど》いいじめを受け、それまで親しみを抱《いだ》いていた父の故郷＝大陸への幻想は吹き飛んだ。

しかし、周りの日本人からは同じ中国人と思われ、周先生はますます自分の立ち位置がわからなくなったのだった。

日本にも中国にも、どこにも桃の花は咲いていないのかもしれない……。

先生が鬱々《うつうつ》と過ごしていたそんなある夜。

夢枕《ゆめまくら》に祖母が立った。

「雪麗や。どこにいようと、桃の花はあんたのこころの中にしか咲かないよ。あんたがそれを桃と思えば、それは桃なんだ」

そう告げて、祖母は霧のように消えていった。

「結局、わたし、ずっと桃の花、探しているのかもしれません」

先生はちょっとうつむき加減になって、コニャックを飲みほした。

＊　＊　＊

マスターが、そうだ、と言って、

「今夜は、先生にカクテルをプレゼントさせてください。おかげさまで、腰の調子も良くなりました。ほら」

腰に手を当て、ぐるぐる回転させた。

「その運動、とても腰にいいです。これからも、続けてくださいね」

先生が白い歯を見せた。

「お好みのカクテルがあれば……」

「マスターに、お任せします」

「承知いたしました」

マスターは冷蔵庫から桃を取り出すと、なめらかな手つきで皮をむき、種をのぞき、ミキサーでピューレにした。そうして、フルート型のシャンパングラスに、桃のピューレを入れ、よく冷やしたイタリアの辛口スパークリングワインで満たし、バースプーンでグラスの底から軽くステアした。

淡いベージュ色に染まった液体の上には、白くクリーミーな泡が浮かび、桃のほんのり甘い香りが漂ってきた。

「この香りだけで、幸せな気分になりますね」

先生がこぼれるような笑みを浮かべる。

マスターがフルートグラスをそっと滑らせた。

「桃のカクテル、ベリーニです。ヴェネツィア生まれのカクテルです」

「ヴェネツィアは、水の都《みやこ》、ですよね？」

「川を眺めて育った先生に、水辺で生まれた桃のカクテルを」

「謝謝《シエシエ》」

先生がグラスを引き寄せ、液体の色を愛《め》で、そっとグラスに唇をよせた。

ひとくち飲む。

思わず、少女のような顔になった。

「むかし父から聞いた……桃の花の景色が、浮かんできます……」

「花は見つかりましたか？」マスターが訊く。

「……」

先生は黙って、首を横に振った。

「三月になると、この岸辺にも桃の花がたくさん咲きますよ」

琉平が春の光のように、あかるく言う。

マスターが振り返って、窓の向こうの多摩川を見つめながら、つぶやいた。

「花は、きっと忘れた頃に、姿を見せるのかもしれません」

ふっと、闇のふちに桃の花の気配《けはい》がした。

周雪麗はおもわず夜の底に目を凝《こ》らそうとする。

が、思いなおして、その美しい眼《まなこ》をそっと閉じた。

ムーンシャイン

Bar Riverside

秋の風がさっと入ってくる。

勢いよくバー・リバーサイドの扉が開いた。

栗色《くりいろ》の髪をボブ・カットにしたサッコが白い歯を見せ、

「ちーっす」

ぺこりと頭を下げた。

赤いレザージャケットにボーダーシャツ、スキニージーンズというマニッシュなスタイル。

「よっ。久しぶり」

マスターが、ざっくばらんに声をかけた。

客との距離感や礼儀を重んじるマスターだが、サッコは特別だった。店のすぐ近くに住んでいて、子どもの頃からよく知っている。

「ギネス。1《ワン》パイント」サッコがひとさし指を立てて、オーダーした。

「ギネスいっちょぉーっ」

琉平が調子にのって、寿司屋《すしや》みたいな受けこたえをした。

「あいよっ」

マスターもそれに応じ、パイントグラスを45度に傾けて、さっそくギネス・ドラフトを注いでいく。

サッコこと川澄佐紀子《かわすみさきこ》は、赤坂の出版社で働いている。飲食店の紹介や料理人へのインタビューなどを載《の》せる月刊誌『食べもの天国』の編集者だ。

出版社に入って十二年。まずは書店との窓口である販売部、その後、広告主とつきあう広告部に異動し、五年前から念願だった『食べもの天国』の編集部員になった。

真剣なまなざしで、サッコはビールサーバーから注がれるギネスを見つめる。

きめ細かな白い泡がグラスの上の方に浮き上がっていく。

と同時に、ココア色の泡がグラスの底にむかって波模様《なみもよう》を描きながら、滝のように下りていく。

「119・5秒待ってから飲むんだよ」

マスターがいつもの決めぜりふを言う。

サッコは、飲みたい気持ちをおさえて、泡の華麗な動きを見ている。

この時間がたまらなく好きだ。

下のほうに向かって伸びたココア色の波は、やがて上のほうに取って返し、クリーミーで緻密《ちみつ》な泡ができ、泡の下には焦げ茶色の液体がたたえられていく。

十分《じゅうぶん》に泡が上がった頃合《ころあ》いを見はからって、マスターがグラスをすっと滑らせた。

と、待ってましたとばかりに、サッコが手を伸ばす。

最初のひとくちは目をつむって、じっくり。

やがて、待ちきれぬとばかりに、のどを鳴らせてギネスを飲んだ。

その姿を、琉平はほれぼれと見つめていた。

ほとんど一気に飲み終えたサッコは、ふーっとため息をつき、

「おかわり！」

「オーケー」マスターがこたえた。

「んまぁ、この子ったら、すんごい飲みっぷりっ！」

カウンターの端《はし》っこに座っていたオカマの春《はる》ちゃんが身をくねらせ、うれしそうに手をたたいた。

サッコが頭をかきながら、春ちゃんのことばに満更《まんざら》でもない顔をして、ウインクする。

「いいわぁ。あんた、いっつもサバサバしてて、そぉゆうの、あたし、大好きっ」

ほっそりと華奢《きゃしゃ》なからだつきに豹柄《ひょうがら》のワンピースがよく似合っている。目もとの涼しいすらりとした美人。春ちゃんはこのあたりではちょっとした有名人だ。今夜は新宿二丁目の店が休みなので、早い時間からリバーサイドに客としてやって来ていた。

「サッコさん。このチーズ、ギネスに合いますよ」

と琉平が言って、小皿を出してきた。

「何これ？」ちょっと眉《まゆ》を寄せる。

琉平が爽《さわ》やかな笑みを浮かべ、「ポーターチーズ。ぼくの絶対のお薦《すす》めです」

サッコはおっかなびっくりチーズを見つめる。

焦げ茶色のひび割れ模様が大理《だいり》石《せき》のように走っている。チョコレートの中に乳白色《にゅうはくしょく》のチーズがたくさん埋《う》まっているようにも見えた。

「インパクトあるなあ。見た目、完璧《かんぺき》にチョコレートじゃん。びっしり詰まった栗ようかんにも見える」

食べもの雑誌編集者としての好奇心がむくむくと頭をもたげる。

「チェダーチーズにギネスを混ぜ込んで作ってるんです。『食べ天』の編集者が初めて食べるとは、これは、意外や意外」

と琉平が煽《あお》ると、サッコはむきになって、目にも留《と》まらぬ早さでひとかけらを摘《つ》まみ、ひょいと口に入れた。

琉平と春ちゃん、マスターの三人が固唾《かたず》を飲んで見守る。

「……お！　こりゃ、うまい！」

そう言って、すかさず、ごくりとギネスを飲んだ。

「琉平クン、さすがだね。ほろ苦さと甘さが、ばっちりだよ」

サッコはポーターチーズを食べてはギネスを飲み、あっという間にパイントグラスを干《ほ》して、

「もう一杯！」

「あいよっ」

新しいグラスにギネスを注ぎはじめたマスターの手もとを見つめながら、

「くーっ！　なんか、最近、いらつくことばっかでさぁ」

と言って、チーズの切れはしをかじった。

「何そんなにワジワジしてるんすか？」

カウンターの向こうから、琉平が訊《き》いた。

「ワジワジ？」

鋭い目で琉平を見返した。

「す、すみません。ウチナーグチで『イライラする』って意味っす」

「ワジワジ……か。なんか、いい言葉じゃん。シズル感あるよ。胸のあたりのモヤモヤを払《はら》いきれない感じ、ようく出てるよ」

「あ。はい。お褒《ほ》めいただき、どうもありがとうございます」

琉平はサッコの鋭いまなざしが怖いので、そそくさと頭を下げた。

ふるふると泡の盛りあがったグラスを置きながら、マスターがふっと微笑《ほほえ》み、

「で、何かあったのかい？」

春ちゃんも横からサッコの顔を見つめた。

出てきたギネスをひとくち飲み、上唇《うわくちびる》についた泡を手の甲でぬぐうと、

「ねえ……聞いてくれる？」

そう言って、サッコはおもむろに語りだした。

＊　＊　＊

このところ、サッコは上司との確執《かくしつ》がつづいていた。

編集長は久保田卓也《くぼたたくや》という四十代半ばの男で、一年前に『食べもの天国』の編集長になった。

経理部に長くいたので金勘定《かねかんじょう》はよくできるが、出版社員のくせに雑誌以外の本は読まない。映画も観《み》ない。学芸会のようなアイドルグループの歌しか聴かないし、服装も量販店《りょうはんてん》のスーツしか着ない。なにしろ趣味は貯金なのである。

要するに、クリエイティブ能力がないのだ。

サッコは、まず、そこのところが気にくわない。

久保田が唯一《ゆいいつ》できるスポーツはサッカーだ。ただしディフェンス専門。シュートなんて打ったこともない。ひたすら守るのである。

中背《ちゅうぜい》でちょっと筋肉質だが、取材と称する食べ歩きで、下腹《したはら》がぷっくり出ている。眉は太く、大きな二重瞼《ふたえまぶた》だが、ひとみは濁っている。顔はサイコロみたいな立方体《りっぽうたい》。ニキビの跡がクレーターを作り、肌は浅黒い。毎日の飲食で肝臓が疲れているのだ。

京都出身なので、抑揚《よくよう》のきついイントネーションで粘りつくようにしゃべる。

サッコは何よりそれが嫌《いや》だった。

久保田のことばを聞くだけで、背筋がぞわっとする。

「ぶぶ漬《づ》けでもどないどす？」なんて勧《すす》めておきながら、こちらが気を遣《つか》ってぶぶ漬けを食べると、「いややわあ。このひと、ほんまに食べはるんやわ。なんや厚かましおすな」と陰で言われそうだ。

しかも、久保田は女好きだった。可愛《かわい》いスタイリストやライターがいると、すぐさまナンパしては高級フレンチに連れていき、取材費でおとす。編集長だから経費は使い放題なのだ。

久保田がやってきた直後、恒例《こうれい》の歓迎会があったので仕方なく参加したが、調子づいた久保田のせいであいにく帰りが遅くなってしまった。

その帰り際《ぎわ》、「なんや。家、同じ方向やん」と久保田がとつぜんタクシーに乗り込んできた。そして車内でいきなりサッコの手を握り、あろうことか、その手をかれの股間《こかん》に持っていったのだ。

以来、サッコは久保田のいる飲み会にはぜったい行かないと決めていた。

あるとき「隅《すみ》から隅まで・ニッポンご当地バーの旅」という特集を組むことになった。創刊以来の名物連載「バー紀行」を担《にな》った四人の作家やライターに、それぞれ好きな地方のバーを紹介してもらうという企画だった。

四人のうちのひとり、ライターの森茂幸《もりしげゆき》からさっそく、石垣島と網走《あばしり》のバーを取材したいという提案があった。

サッコは、日本の南と北のバーというのは面白いと思い、その線でいこうとしたとき、久保田から、

「それ、東京から遠すぎるでぇ。経費かかりすぎるやん」

と待ったが入った。

あんたは取材費で毎晩のように女と遊んでるくせに……。

と言いたかったが、取りあえずは黙っていた。

サッコは上司に臆《おく》せずものをいうが、いま抵抗するのは得策《とくさく》ではないと思い、森に編集長のことばを正直に伝えると、

「じゃあ、松山と仙台のバーは？」

とこたえが返ってきた。

どちらも歴史のある店だが、マスターが決して偉《えら》ぶらない素敵なバーだ。

すぐさま編集長である久保田にその旨《むね》を伝えると、

「仙台か……それ、ええやん」と即答した。松山に関しては何もコメントしない。

しばらく顎《あご》を上げて何か考えていたかと思うと、

「せや、せや。東日本大震災の復興支援《ふっこうしえん》いうテーマに変えて、四人に東北のバーだけ回らせたらええわ。まだ森以外の三人からは提案けえへんやろ？　ちょうどええやん。仙台ともう一つ、そうやな、やっぱり福島がええなあ。企画の内容がわかりやすなるわ」

自画自賛《じがじさん》して、ご満悦《まんえつ》の表情で言った。

サッコは耳を疑った。

「それって、作家やライターさんにオリエンしたのとテーマがぜんぜん違いますよね？」

間髪《かんはつ》を入れず、言った。

久保田が一瞬むっとして、

「そんなん関係あらへんがな。企画はいっつも動いとんねん。固定観念に縛《しば》られとったら、なーんもおもろいもんでけへんがな」


サッコの話を黙って聞いていた春ちゃんが、

「んまあ。久保田ってやつ、独裁者もいいところよっ」

キッとした顔になって言った。

「しかも大震災の復興支援って銘打《めいう》つなんて、いかにも偽善的《ぎぜんてき》でしょ？」

サッコが歯噛《はが》みして、こたえた。

「で、あんた、そんなこと言われて、どしたのよ？」

春ちゃんが話の先をうながした。

「そんな白々《しらじら》しい企画に森さんがのってくれるとは思えません」

サッコは毅然《きぜん》と言い放った。

「雑誌の内容きめるんは編集長や。ライターなんか単なる使いっ走《ぱし》りやがな」

そう言って、自分のサイコロ顔を指さし、

「責任とるんは、うちや。シンプルなこっちゃがな。いったいそれのどこが悪いねん？」

「朝令暮改《ちょうれいぼかい》もいいところです。そうやって方針ころころ変える編集部って、誰からも信用されませんよ」

サッコが早口でまくしたてた。

「誰からも？」と久保田は薄《うす》ら笑いを浮かべ、

「書店で雑誌買《こ》うてくれはるひとが、うちらのお客さんや。言うてみれば、書き手は道具。ええように使《つこ》たら、よろし。その結果、おもろい記事でけて、お客さん喜んで買《こ》うてくれはる。コンセプトなんか関係あらへんがな。あんたも長い間サラリーマンやっててんねんから、商売の成り立ちいうの、ちゃあんと学びなはれ」

「わたしは編集者です」

背すじを伸ばして言った。

「編集者かてサラリーマンやがな」

「いえ。単なるサラリーマンじゃありません。職人サラリーマンです」

「なんや、それ？」久保田がプッと噴きだした。

「編集という専門職のサラリーマンです。編集の仕事は世の中に開かれた窓です。会社のために働く会社員じゃなくて、社会のために働く社会人なんです。サラリーマンであって、サラリーマンでないんです。パブリックな仕事です」

「なにエラソーにわけわからんこと言うとんねん。うちらの仕事は、売れてナンボや。客が買《こ》うてくれへんかったら、うちもあんたも、あっさりクビや。どっかの会社の広報誌とちゃいまんねん。ボランティアやってんやないねんで」

サッコが編集長と押し問答《もんどう》をしていると、久保田に加勢《かせい》する者があらわれた。

副編集長の山口《やまぐち》さやかだ。サッコよりも十年先輩で、入社以来『食べ天』の編集をしている。

名前があまりにも美しいので、初めて会った人はみな一様に驚く。

ぬるっとして、どこかトドを思わせる容姿《ようし》なのだ。

脂肪ののった背中は肉厚《にくあつ》で丸っこい。汗かきなのでタンクトップにいつも脇染《わきじ》みを作り、デブのくせに常にミニスカートをはいている。

男性スタッフとの打ち合わせでは、わざと低いソファに座り、何度も脚を組みかえては、下着をちらっと見せるのだ。

「やーだぁ！　それって、逆セクハラじゃないのっ」

話の途中で春ちゃんが、叫んだ。

「だから編集部にいっぱいクレームくるんだよ。『頼むから山口さんにミニをはかせないでくれ』とか『人生で初めてミニスカートに憎悪《ぞうお》を抱いた』とかさあ」

サッコが顔をしかめた。

「そりゃ、そうでしょ。デブが色気《いろけ》づいて、気持ち悪いったらありゃしない」

「でもさ、クライアントの助平《すけべえ》オヤジはまんまと毒牙《どくが》にかかっちゃってさ。山口の広告集める力って半端《はんぱ》ないんだよね」

その山口さやかが編集長の傍《かたわ》らにするすると寄ってきたのだ。

「川澄さん。あなた、なに青くさいこと言ってんの。雑誌をいったい誰のものと思っているのかしら？」

生臭《なまぐさ》い息をはきかけて言った。

「社会のものです」

一瞬、間《ま》があいた。

「あはっ、あはははは」大口あけて、わざとらしく笑い、

「バッカじゃないの。雑誌は編集長のものよ。あなた、その編集長に盾《たて》突くってわけね」

太ったからだを揺すりながら喋《しゃべ》ると、大きな胸ぐりのタンクトップの中でおっぱいがゆさゆさ揺れた。

久保田が山口の胸もとを横目で見ながら、鼻の下を伸ばしている。

サッコがキッとなって、

「雑誌は私たち編集者だけで作ってるんじゃありません。優秀なライターやカメラマンのおかげで、クオリティーの高い雑誌になるんです。同じチームのメンバーを大切にしないのは、読者を大切にしないのと同じことです」

「あなたねえ。いったい、わたしを誰だと思ってんの？」

「男好きの行かず後家《ごけ》」思わず口をついて出た。

「うぐ……」

山口は額《ひたい》に汗をにじませ、フリーズした。唇の端に溜《た》まった唾《つば》が今にもこっちに飛んできそうだ。サッコは少し体勢《たいせい》を斜めにした。

「まあ、まあ」と他人事《たにんごと》のような顔をして久保田が割って入り、

「あんなぁ、川澄クン。とにかく言うた通りにやってもらわんと、明日から違う部署に移

ってもらわなあかん……かもしれへんよぅ」

サッコの顔をのぞき込むようにして言った。

結局、サッコは不条理《ふじょうり》な企画変更を、ライターの森に伝えねばならなくなった。

案《あん》の定《じょう》、森は、「復興のためと言われてもねえ……」と困惑し、この企画から降りることになった。

＊　＊　＊

「あんた、ひどいとこで働いてんのね」

春ちゃんが、飲み終えたカンパリソーダのグラスを置き、あきれ顔で言った。

「ですよね？」

サッコが唇を曲げて言い、ギネスをぐびりと飲んだ。

「会社の居心地《いごこち》って、ひとで決まるからね。しかし、その山口ってデブ、汗のにおいがぷんぷん漂ってきそうだわぁ。そういう女にかぎって権力にすりすりしちゃうのよね」

と春ちゃんは目をつり上げ、

「ああ、のど渇《かわ》いちゃった。わたしもギネスちょうだい」

かしこまりました、と琉平がさっそくパイントグラスを用意する。

「なんだか一気にしゃべって疲れちゃった。マスター、今日のお薦《すす》め、何かある？」

サッコが訊く。

「ギネス・ビーフシチュー、どうかな？」

「そのメニュー、初めてだよね？」

「うん。最近、アイリッシュの友だちから教えてもらったんだ。ギネスで牛肉を煮込んだアイルランドのおふくろの味」

「じゃ、それ、ちょうだい」

「了解。ちょっと温《あたた》めるのに時間かかるから、話のつづき、もすこし聞かせてよ。きっとサッコもしゃべり足りないだろ」

「うん」

こくりと少女のようにうなずいて、サッコが、再び口を開く。

「じつは……この横丁の明《あきら》さんにも悪いことしちゃったんだ」

あるとき、「蕎麦屋酒《そばやざけ》」という特集取材のため、副編《ふくへん》の山口から編集部全員に候補店をあげろと指示が下《くだ》った。

真っ先にサッコの頭に浮かんだのは、バー・リバーサイド近くの手打ち蕎麦「玉川屋《たまがわや》」。

店主の中上明《なかがみあきら》はサッコの従兄《いとこ》で妻のみゆきと二人、朝早くから店を切り盛りしている。ネットなどの評判を聞きつけ、最近は遠くからもお客がやってくる。カウンターの目の前で揚《あ》げてくれる天ぷらもおいしく、サッコは天ぷら蕎麦の名店だとひそかに思っていた。

玉川屋を愛する者としては、これ以上お客が増えるのも複雑な思いがあるけれど、つまらない店を紹介するのは編集者としての沽券《こけん》にかかわる。読者にもやっぱり良質な店を知ってほしい……。

結局、サッコは玉川屋を山口に教えた。

と、さっそくライターとカメラマンが、店主のアポをとり、取材に向かった。

しかし、取材当日、二人は約束から一時間以上も遅れてやってきたのだ……。

たたきあげ職人の中上は、その時点ですでに取材スタッフに不信感を抱《いだ》いたが、とりあえずは気持ちをおさえて撮影とインタビューにのぞんだ。

日本酒に詳しいとうそぶくライターは「2ページ見開きでたっぷり紹介しますよぉ」と軽いノリで説明。

カメラマンは、せいろ、粗挽《あらび》きをはじめ、おつまみの湯葉《ゆば》豆腐、そば味噌《みそ》、そばがき、玉子焼き、多摩川でとれた稚鮎《ちあゆ》の天ぷら、小エビと貝柱《かいばしら》のたっぷり入ったかき揚げ、中上の畑でとれた地元野菜の天ぷらなどを立て続けに撮影していった。

ライターは中上夫婦をインタビューしたが、ＩＣレコーダーを回すこともなく、メモ帳にちゃちゃっと書き留《と》めただけだった。

取材が終るころ、山口さやかが店にぬっと姿をあらわし、三人で試食と称《しょう》する宴会をはじめ、開店時間になっても三人は居座《いすわ》ったまま。

店主の中上も堪忍袋《かんにんぶくろ》の緒《お》が切れかかったが、「取材してもらってることだし、ここでトラブると、サッコにも迷惑がかかる……」と、どうにか感情をおさえた。

そうして、ひと月ほど経《た》ったころ、とつぜん『食べ天』の掲載誌《けいさいし》が送られてきた。

中上夫婦は誌面を見て、驚いた。

なんと「玉川屋」の記事は約束の2ページではなく4分の1ページしかない……。

しかもメニューの内容が間違っているし、妻の「みゆき」は「ゆきみ」になっている。

写真のピントも合っていない……。

ふたりの目は点になり、おさえていた怒りがふつふつと沸《わ》いてきた。

仕事のやり方があまりにもひどい。

中上から携帯に電話が入って、事の次第《しだい》を知ったサッコは青ざめた。

電話を切ると、ただちに山口を別室に呼び出した。

汗をふきふき部屋に入ってきた山口は目を合わさずに、ふっと笑い、

「だって、あのお店からはビタ一文《いちもん》、編集協力費をいただいていませんからね」

「は？　編集協力費？　何ですか、それ？」

「最近、うちの雑誌、広告減ってるでしょ？　取材費が不足してるのよ。編集協力費って、ま、タイアップのことよ。うちの雑誌に載《の》るのって、店のステイタスにもなるわけでしょ？　『玉川屋』さん、４分の１ページでもタダで載せてもらえるだけ、御《おん》の字と思ってくれなくちゃ。あの店主、職人気取《きど》りで細かいことまでクレームつけてるんだろうけど、むしろ、うちが感謝されて当然の話なんじゃないかしら？」

編集部に下手《したて》に出る店には編集協力費を要求する、つまり、すり寄る店からは金をとる方針にした、と山口は言うのだ。

しかし、そんな方針は一度も聞いたことがなかった。きっと久保田と山口が内々《うちうち》に決めて、せこく金を集めているんだろう。

琉平がサッコの話を聞いて、

「そういえば……名前忘れちゃったけど、うちにもどっかの編集部から電話かかってきたこと、ありましたよ。五万円協賛してくれたら、雑誌に名刺サイズの記事出ますとか何とか言ってましたっけ」

「もちろん丁重《ていちょう》にお断りいたしました」とマスター。

「だって、もともとうちは取材拒否の店ですもんね」琉平が胸を張る。

「そりゃ、そうよ。一回ちょこっと来たぐらいで、何がわかるってのさ。しかも会社の金でねぇ」

春ちゃんが言った。

「ほんと、その通りよ」

サッコはギネスをグッと飲んで、ちょっとひと息ついた。


「要は、力関係《ちからかんけい》よ」

山口がふてぶてしく言う。

「取材先に校正《こうせい》も見せないというのは、どういうことですか？　取材させてもらった方《かた》の名前だって間違っている。これって仕事の基本ができてませんよね？」

「それは私の責任じゃないわよ。単純にライターの怠慢よ」

ぬけぬけと言い放った。

「でも、最終的には編集者がチェックして誌面になるんじゃないですか？　責任はすべて編集部にあるんですよ」

「何言ってるの。世の中はどっちが強いかよ」

「メディアは立場が強いとわかっているのなら、どうしてもっと繊細《せんさい》な気遣《きづか》いができないんですか？　権力にあぐらをかいて、エラソーに御託《ごたく》を並べて、いったい何様《なにさま》なんですか！」

「じゃあ訊きますけど」

山口が鼻の穴を広げ、

「あの蕎麦屋は、いったい誰のおかげで、タダで宣伝できてると思ってるわけ？」

サッコの顔色が変わった。

「つまり、おたくが関心もってるのはお金のことだけでしょ？　山口さん、あんたのことば、逐一《ちくいち》、中上さんに伝えとくから」

そう言って、憤然《ふんぜん》として席を立った。

これじゃ部数が減るのも当然だ。わたしの人事異動も決まったようなもんだ。どうせ良い企画を作って部数を伸ばしたって、ぜんぶ久保田や山口の手柄《てがら》にされるんだ。バカバカしい。わたしの能力をあいつらのために使われるなんて、もう、まっぴらだ。

玉川屋に出向いて、中上夫婦に山口の話を伝えると、

「サッコにゃ悪いけど、『食べ天』は今後一切《いっさい》取材お断《こと》わりだ。そう言っといてくれ」

「そうよ。こっちのほうから、おさらばよ」

ふたりが口をそろえて言った。

玉川屋を紹介したばっかりに、従兄《いとこ》夫婦にたいへんな迷惑をかけてしまった……。

サッコは、申しわけなさと恥ずかしさで、その場で消え入りたかった。

＊　＊　＊

「サッコのはなし聞いてると、久保田ってのは男のおばさん、山口は女のオヤジってやつよね？　こういうタイプ、いっちばん始末《しまつ》が悪いわよ。ねぇ、そぉ思わない？」

と春ちゃんが口を開いた。

「で、春さんは、どっちなの？」琉平が訊く。

「あたし？　あたしは……男の、お・ね・え・さ・ん」

そう言って、マスターにウインクした。

マスターと春ちゃんは、中学一年で同じクラスになって以来の親友である。春ちゃんは空手部《からてぶ》の主将《しゅしょう》をつとめ、番長と渡り合うくらい喧嘩《けんか》が強かった。

「うん。龍造《りゅうぞう》はいい女だ」よく響くバリトンで、マスターがこたえた。

春ちゃんの本名は、春川《はるかわ》龍造である。

うふふ、と微笑《ほほえ》んだ春ちゃんは、ギネスをひとくち啜《すす》った。

「女のデブってそばに寄ってこられるだけで、ほんと暑っ苦しくて、やだわ。でも、中上クンとこも大変だったのねえ。そんなギョーカイ風《かぜ》ふかせたバカと関《かか》わっちゃってさ。それもこれも、サッコ、あんたがよけいな紹介するからじゃないのっ」

「すみません。反省してます。あたし、まだまだ甘かったんで……」

サッコがスツールの上で深々と頭を下げた。

「あんたはそうやって素直に謝《あやま》るのがいいところよ。けど、同じミス、二度繰り返しちゃダメだよ」

ことばの後半は、本来の男の声になっていた。

パイントグラスに入ったギネスの黒い色が、その太い声に似合っていた。

「でも、どこの組織にも無責任でずるいひと、けっこう増えてるんじゃないっすか？　食品偽《ぎ》装《そう》に汚染水、経費着服《ちゃくふく》、経歴詐称《さしょう》」

琉平がちょっと斜《しゃ》に構えて言った。

「そうねえ」春ちゃんがうなずいて、

「うちの店に来るお客も変わっちゃったからねぇ。まえは二丁目に来るひとって、デザイナーとか広告クリエイターとか、お洒落《しゃれ》な遊び人《にん》が多かったんだけど、いまはフツーのサラリーマンがほとんど。しかも領収書でセコく飲んでるんだもん。冗談言ったって、ぜーんぜん面白くないしね。もともとセンスのない地味なやつが、大人になってから急に遊び人ぶるのって、カッコ悪いったらありゃしない」

「ほんと。春ちゃんの言うとおり」

とサッコが受ける。

「編集部にもそういう人いっぱいいますよ。学級委員やってたような優等生タイプに限って、経費使えるようになった途端《とたん》、なんだか急に自分がエラくなったように勘違《かんちが》いしちゃうんですよねぇ」

「そうそう。若いころ、真剣に遊んでこなかった劣等感があるのよ。だから遅咲《おそざ》きの狂い咲きになっちゃうのよね」

マスターが春ちゃんの話にうなずきながら、ほどよく温《あたた》まったギネス・ビーフシチューを、カウンターの向こうからサッコにサーブする。

トマトの酸味のある香りが立ち、そこにタイムとパセリの清々《すがすが》しい香りが重なりあって、ふわっと漂った。

「お、これっすか？」

サッコの目はシチューに釘《くぎ》づけになった。完璧《かんぺき》に食べもの雑誌編集者のまなざしになっている。

少し厚めに輪切りにされたニンジンの、鮮《あざ》やかなオレンジ色がいいアクセントになっている。とろりと溶けたタマネギが甘そうだ。よく煮込まれた一口大《ひとくちだい》の牛肉が「早く食べて」とサッコにささやいている。

「最近の自信作。ぼくは真剣に遊んできたから、味のほうは大丈夫」

マスターが少年のように笑って、胸を張った。

とても六十歳を超えているとは思えない。

まずは、ころりとした牛肉のかたまりをスプーンですくう。

口に入れた途端、じっくり煮込んだ肉から、甘い肉汁とほろ苦いギネスの風味がじんわり染《し》みだした。ほろっと溶けながらも、心地よい繊維質《せんいしつ》が残っている。

ごろんと寝ころがるジャガイモは、スープの味をしっとりと含《ふく》んでいる。

サッコの顔に思わず笑みがこぼれた。

「こりゃ、絶品だわ！」

言いながら、サッコはギネスをうぐうぐ飲んだ。

夢中で飲み食いするサッコの姿を横目で見ていた春ちゃんが、

「マスター。あたしにも、ちょうだい」

シチューを指《ゆび》さして、思わずオーダーした。

＊　＊　＊

「おいしいもん食べると、ほんと、幸せになるわぁ」

ティッシュで唇を軽くぬぐいながら、春ちゃんが満足そうに言う。

「そうなんすよねぇ……。そんな幸せの時間を感じてもらえればって、食べもの雑誌つくってるんすけどね」

サッコが背《せ》すじを正して応じた。

春ちゃんはちょっと首をかしげて、

「でもさ……あんたが料理つくってるわけじゃないんでしょ？　そのわりに、なんかエラソーに言うわねえ」

「……」

「あんた、他人のつくった料理、載せてるだけじゃない？　それだって、カメラマンやライターがいてこそでしょ？」

サッコはしゅんとした。

「やっぱり、たいへんなのは現場でモノつくってる職人よ。ねえ、マスター？」

「たしかに、そうだね。ぼくなんか、ひとさまの造《つく》ってくれた酒を混ぜたり振ったりしてるだけだから。酒造りはたいへんな仕事だよ。玉川屋さんも自分で蕎麦打って天ぷらも作ってる。そういう人に対して上から目線になっちゃ、まずいよね」

「同じ編集部の人間として、ほんとに恥ずかしいかぎりです」

サッコがうつむいて言う。

「その中ではサッコは頑張ってるほうだと思うよ。でも、ずっとそのギョーカイにいるから、気づかないうちにあんたもギョーカイ病になってんのかもね。結局は久保田や山口と同じ穴のムジナよ。それ、ちゃあんとわかっといたほうがいいよ」

「……………」

「春さん。なんだか手厳しいですね」

琉平が笑顔を見せながら、やんわりと言った。

「じゃ、少しお休みしようかなっ。なんか飲み物たのんじゃお」

春ちゃんはそう言うと、目をパチパチさせて、マスターと琉平の背後《はいご》にあるバックバーを見渡した。

多摩川の見える窓ガラスの上にはびっしりと洋酒ボトルが並んでいる。

「いつもピッカピカのボトルがいーっぱい並んでんのねぇ。あたし、これ見てるだけで気分よくなるの。ほらぁ、香水の瓶《びん》に似てるじゃない？　じゃあねぇ、大好きなジン・ベースのカクテルがいいなぁ」

「カクテルに使うジンはちゃんと冷やしてますから、ご安心ください」と琉平。

「ど、れ、に、し、よ、う、か、な……」

と言いながら、春ちゃんの目が一つのボトルのところで止まり、

「決まり！　ネグロニを。ゴードンで」

「承知いたしました」

と琉平は言って、カンパリ、ジン、スイート・ベルモットをきっちり同じ量だけミキシンググラスに注《そそ》ぎ、バースプーンで攪拌《かくはん》する。そして四角に削り出した氷をロックグラスにセットし、混ぜ合わせた液体をゆっくり注いで、軽くステアする。

サッコは、ネグロニを真剣につくる琉平の姿をぼんやりと眺めていた。

同じ穴のムジナ……。

たしかに、久保田も、山口も、あたしも、外から見れば、みんな同じ『食べもの天国』の編集者だ。エラソーに彼らのことを批判したけど、春ちゃんが言うように、あたし自身、知らぬ間にギョーカイ病になっているのかもしれない。自分の手で雑誌を作ってるという自信がないから、よけい力《りき》んでいたのかもしれない……。

琉平がグラスにオレンジスライスを飾ってネグロニを作り終え、カウンターの向こうから、春ちゃんの方にグラスをさっと滑らせた。

液体がルビーレッドにきらめく。

「ほんと、きれいな色……」

春ちゃんがほれぼれと見入った。

小指をたててグラスをもって、ひとくち――。

春ちゃんの瞳《ひとみ》がみるみるうちに開いた。

「カンパリの甘苦《あまにが》さにジンの切れ味……。見た目ほど女っぽくないのがいいのよね」

ありがとうございます、と琉平がぺこりと頭をさげ、

「ネグロニって春さんみたいですね。女と男がうま〜くミックスされてる感じ」

白い歯を見せた。

「そうよ。それ、言いたかったんだよ」

春ちゃんは白いのどを見せて、またひとくちネグロニを飲み、

「カンパリって、日本じゃ女の子のお酒みたいに思われてるけど、イタリアじゃ、男の酒なのよ。いちどミラノのバールに行ったんだけど、昼間っからおじさんたちがスタンディングでカンパリ飲んでるのよ。それがまたカッコイイのよねぇ」

そう言ってから、サッコの方に顔を向けた。

「さっきは、ついきついこと言っちゃって、ゴメン」

「いえ、春ちゃんの言うとおりなんで……」サッコは顔の前で手を振った。

「あたし、最近、思うんだけど……この世の中、ウソつきで無責任、小器用《こぎよう》に立ち回るやつが多いんだなって。しかもそういうのに限って、なぜかいい目ばっか見ちゃってさ。あんたんとこの久保田や山口ってのもその典型ね。あんまり長く会社にいると、あんたもヤバイわよ。とっくにわかってると思うけど……」

「明《あきら》さんのお店を単に紹介するだけじゃなくて、もっと丁寧《ていねい》にフォローするべきでした。わたしにもサラリーマンの無責任さがあったと思います」

「あんた、ほんとはサラリーマンやってんの、イヤなんでしょ？」

「え？」図星《ずぼし》だった。

カウンターの向こうから、マスターと琉平もサッコの表情を見つめていた。

「何か自分の手で作りあげてく実感、ほしいんじゃないの？」

と春ちゃん。

「……は、はあ」

「だったら、今がチャンスよ！　あんた、いま、いくつだっけ？」

「……三十四、です」

「なあんだ、まだ、そんなもんか。やっと成人式くらいじゃん」

マスターがサッコの方に向き直って、口を開いた。

「組織にいると、サッコの良さが押しつぶされるんじゃないのかな？」

「やっぱ、そうかな……」

「子どもの頃から、みんなと外で遊んでるの、あんまり見かけなかったからね」

サッコがうなずいた。

「組織ってブレンディッド・ウイスキーの世界なんだよ」

サッコが瞬《まばた》きして、小首《こくび》をかしげる。

マスターが続けた。

「個人ってそれぞれ性格が違うだろ？　ウイスキーも同じなんだ。樽《たる》の中で熟成《じゅくせい》させるんだけど、樽ごとに味がぜんぜん違ってくる。個性的なモルト・ウイスキーに穏《おだ》やかな性格のグレイン・ウイスキーを混ぜ合わせて、ブレンディッド・ウイスキーをつくる」

サッコは黙って、小さくうなずいた。

「ブレンディッドは三〇種類くらい酒を混ぜてるから、味に幅ができて陰翳《いんえい》が深くなる。音楽にたとえると、ギター一本のソロとバンドの音は違うだろ？」

「クラプトンの『レイラ』も、バンドのときとアンプラグドのときとで、ぜんぜん違うもんね」

サッコは腑《ふ》に落ちた顔つきになる。

「バンドの音もプロデューサーによってぜんぜん違ってくる。たとえばビートルズでも、プロデューサーがジョージ・マーティンのときとフィル・スペクターのときではまったく違う。音の混ぜ方が違うからだよ。プロデューサーはブレンダーみたいなもんなんだ」

とマスターが話すと、琉平が割り込んできた。

「同じネグロニでも、マスターのとぼくのとではまったく違います」

春ちゃんが、そうなのよ、と言って、

「さっき、編集者は何も作ってないって言ったけど、言い直すわ。編集者はブレンダーなのよ。バーテンダーもそう。いろんな素材を混ぜ合わせて、新しいものを作る職人なんだわ」

「サッコはハーモニーをつくる仕事はじつは苦手《にがて》だろ？　ストレートに自分を表現する仕事をやれば、もっと楽になるんじゃないのかな」

マスターが言うと、サッコはうつむきながらも、こくりとうなずいた。

「ところで……サッコ。何かやりたい仕事、あるんだろ？」

マスターが訊いた。

サッコはごくりと唾《つば》を飲み込んで、少し間《ま》を置き、

「まえから思ってるんだけど……ほんとは……脚本《きゃくほん》、書いてみたい。映画の脚本……」

「いまこそ絶好のタイミングじゃないか」

「でも、わたし、人生経験、ぜんぜん足りないよ。今はまだ無理……かな」

「こんど、こんどって言ってる間に、チャンスはなくなるんだよ」

「それは頭ではわかってるんだけど……」

春ちゃんがグラスの中の氷を細い指でまわしながら、

「思いきって飛び込めば、あんがい泳げるもんよ。あたしだって、二丁目で店やるって決めたときはとってもドキドキしたけど、やると決めたら腹は据《す》わるもんよ」

やさしく言った。

こんなことばがある、とマスターが口を開いた。

「芸術は拘束《こうそく》によって生まれ、自由に死す」

「………？」

「なにか自分を縛りつけるものがなければ、芸術も生まれないってわけ。凧《たこ》は糸がないと空を舞えないだろ？　まさに、サッコが会社で苦しんでいる今が、チャンスなんだよ。その

リアルでひりひりした気分をサッコの作品に映《うつ》し込めばいいんだよ」

　春ちゃんが、

「きれいな蓮《はす》の花は泥の中に咲くって言うわ。あんたの編集部、まさに泥沼なんだから、久保田や山口をモデルにしちゃえばいいのよ」

　そうそう、お酒の世界ではこんなこともあった、とマスターが静かに続けた。

「アメリカの禁酒法時代《きんしゆほう》に、その法律をかいくぐって密造酒《みつぞうしゆ》をつくった人たちがいてね。ムーンシャイナーって呼ばれたんだ」

「ムーンシャイナー……何だかカッコイイ響きだね」

　サッコが目を輝かせた。

「山あいで月の光を頼りにこっそりウイスキーを蒸留《じようりゆう》した。だから、ムーンシャイナー。ウイスキーにはそういう反抗の香りがあるんだよね」

　とマスターが続けた。

「つらい状況だからって泣き寝入《ねい》りするんじゃなくて、そのつらさを強力なバネにするってことよね」

　と春ちゃんが小さくガッツポーズをした。

「サッコが人知れず脚本をシコシコ書くのも、密造酒づくりみたいなもんじゃないか。拘束があるからこそ反抗心《はんこうしん》が湧く。きっといいものができる」

マスターのことばを引き取って、春ちゃんが、

「月の光で思い出したけど、月はルナとも言うわよね。たしか、英語でルナティックって『狂ったひと』って意味よ。サッコも月の影響を受けて狂っちゃえばいいのよ。どこか傾いているからこそ、いいものができるんだわ」

そのときサッコの携帯が鳴った。

画面を見て、顔をしかめながら、携帯を耳にあてた。

「もしもし……」急に声が低くなった。

マスターと春ちゃん、琉平が顔を見合わせる。

バーの中はしんと静まりかえった。

「いま？　バー・リバーサイド。晩ごはん？　今日は要《い》らないって。えっ？　だから、いつも言ってるじゃん。八時過ぎたら、先に食べといてって。いい？　もう切るよ。じゃあね」

ため息をついて、サッコがいきなり電話を切った。

自分でも、そのおとなげない態度が恥ずかしったのか、

「ママ、いえ、母から……」早口でぼそっと言って、

「仕事中でも電話かけてくるんだよねぇ……。けっこうしっかりしてると思ってたのに、三年前に父が亡くなってから、何かあると、すぐ電話かけてきて……。帰りは何時だ、いまどこで誰と一緒なのって。ほんと勘弁《かんべん》してほしい。結局いつまでも子離《こばな》れできないんだよね。いいかげん母親面《づら》するの、やめてほしい……」

マスターの脳裏《のうり》に、やさしくて上品なサッコの母親の姿が浮かんだ。芦屋《あしや》生まれで、しゃべり方も上品で穏《おだ》やか。いつも礼儀正しく丁寧で、いかにも裕福に育った感じのひとだ。

サッコの父親は証券会社の会長をしていたが、たしか、とつぜん心臓の病気で亡くなったと聞いていた。いま、母親のこころの支えは、一人《ひとり》っ子のサッコだけなのだろう。

さっぱりした性格のサッコのことだ。あれだけいらつくってことは、母親はかなりしつこく同じ行動を繰り返してるんだろう。そういえばサッコの母親は、道で挨拶《あいさつ》を交わした後も、何度も振り返ってはお辞儀をしていた……。

マスターがサッコの目をしっかり見つめて、

「いま、きみは人生の中州《なかす》にいるんじゃないのかな」

「中州？」

「ほら。あそこに見えるだろ。川のあいだに」

マスターが振り返って窓の向こうを指さした。

琉平が照明を落とすと、大きな窓からは、すすきの生《お》い茂《しげ》る中州が見えた。十三夜《じゅうさんや》の月の光にすすきの穂《ほ》が青白く揺らめいている。

「中州にいると、いつ鉄砲水《てっぽうみず》で流されるかもしれない。でも、昔から中州では芸能も生まれたし、市場も生まれた。戦場にもなったし、刑場にもなった。神さまも祀《まつ》られてきた。中州は神聖なものとおどろおどろしいものが混じり合うところなんだ。どっちに転ぶかわからない、ぎりぎりのボーダーの土地。エネルギーいっぱいの自由の場所なんだ」

琉平が、

「中州って英語でサンド・バーって言うそうですよ。砂のバー。まさにバー・リバーサイド。あっという間に水に流されてしまいそうですもんね」

と茶化《ちゃか》した。

マスターは口の端《はし》で笑って、続けた。

「いまサッコは怒りや焦《あせ》り、悲しみや恨《うら》み、そして喜びがぐじゃぐじゃに混ざりあったところにいるだろ?」

「うん。混沌《こんとん》状態……」

「それがいいんだよ。脚本家になりたいのなら、状況はお誂《あつら》え向きさ。書くための素材がいっぱい揃《そろ》っている。山口さやかのことだけで一本脚本できちゃうよ」

「……」

「だから、いまはしんどくても中州を離れちゃいけない。中州にいて、サッコの目をムービーカメラにするんだ。そして、しっかり記憶しておく。すると、その映像が頭の中で発《はっ》酵《こう》して、やがて作品になっていくんだ」

「まるでお酒が生まれるときみたい」

「まずはいろんな要素を入れて発酵させる。お母さんがサッコにべったり頼ってくる姿も、自分の親ながら情けなくて、腹も立つだろうけど、それを冷静に観察して、題材にすればいいじゃないか。大事なのはゲゲゲの鬼太郎《きたろう》の目玉オヤジだよ」

「目玉オヤジ？」

「目玉オヤジは、近くにいるけど、醒《さ》めた目で鬼太郎を見てるだろ？　あの目線《めせん》が大切なんだ」

すかさず春ちゃんがサッコの方を向いて真面目《まじめ》な顔で言った。

「あたしは男でも女でもない、中州の人生を選んだわ」

マスターが、サッコにぴったりの酒をあげよう、とつぶやいて、バックバーの奥から、取《と》っ手《て》の付いたずんぐりしたボトルを引っ張り出してきた。

なかには、透明な酒が揺れている。

簡素なラベルを見ると「ムーンシャイン」と書いてある。

マスターが四つのショットグラスにウイスキーを注いだ。そして、サッコと春ちゃんの前にグラスを置き、琉平とマスターはそれぞれグラスを取りあげた。

「ぼくは……いまだに自分が大人《おとな》なのか子どもなのか、よくわからない。ずっと中州で生きてるようなもんだからね」

マスターはそう言って、グラスを目の高さに上げた。

グラスに口を近づけるとアルコールの強い香りがプンときた。その奥からトウモロコシの甘いにおいが漂ってくる。

ひとくち飲んだサッコは思わず顔をしかめ、

「げっ！　なに、これ？　ウイスキーっていうか……トウモロコシのアルコールじゃん」

そう言って、チェイサーのミネラルウォーターをがぶがぶ飲んだ。

「ふつう、ウイスキーって樽《たる》で何年眠ったとか、まるで学歴《がくれき》みたいにぐじゃぐじゃ書いてあるじゃない？」

と春ちゃんが頓狂《とんきょう》な声を出して、ラベルをしげしげ見つめ、

「このお酒、わざわざ熟成30日未満って書いてある。これ造《つく》った人って、そうとうひねくれもんだわ」

けっこうイケルわね。なんか親近感おぼえちゃう、と春ちゃんはまんざらでもない様子だ。

琉平も「むかしの安い泡盛《あわもり》みたいっす」と懐《なつ》かしそうな顔をする。

マスターはふたりの表情を眺めながら、ちょっと顔をほころばせて、

「名前が『ムーンシャイン』だもんね。この酒はムーンシャイナーの子孫だよ」

「きっと、月の光がこのウイスキーになったんだね」

サッコが自分の言葉にうなずきながら、再びグラスに唇をよせ、

「そう思うと、なんだか、愛《いと》おしくなってきちゃった」

「言葉の力も月と同じ。とっても魔力《まりょく》があるのよ」

春ちゃんが月のしずくを一気に飲みほす。

窓の向こうの、多摩川に映《うつ》る青い月あかりを眺めながら、マスターがつぶやいた。

「どうかサッコの言葉にも、月の魔力が、宿《やど》りますように」

自由の川《リオ・リブレ》

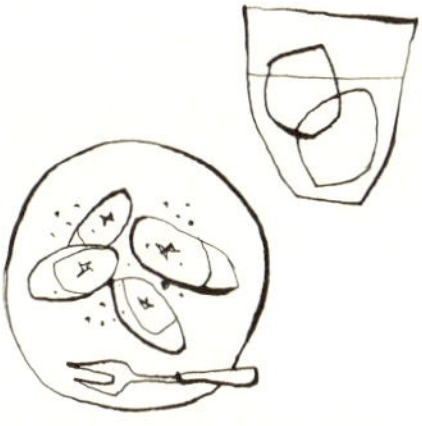

Bar Riverside

木枯らしが笛のような音をたてて、街を吹きぬけていった。

冴《さ》えざえとした漆黒《しっこく》の空には、星が研《と》ぎすまされたように光っている。

バー・リバーサイドの窓から見える多摩川は、月のあかりを映《うつ》して冷たく輝いていた。

「そういえば……兼田老師《かねだろうし》はどうされているんでしょう?」

台湾整体の周《しゅう》先生がマーテル・コニャックをオーダーして、つぶやいた。

マスターは、ハッとして思わず周雪麗《せつれい》のほうに顔を向ける。

まるで自分のこころを読まれていたかのようだ。

毎年、大《おお》みそかの夜には自分の好きな客がカウントダウンを楽しみに来てくれる。マスターには、何よりそれがうれしかった。

ただひとつ気掛《が》かりなのは、バーテンダーの大先輩・兼田正太郎《しょうたろう》と千恵子《ちえこ》夫妻が、五年前からこの場にいないことだった。

それまで兼田夫妻は大みそかには必ず来てくれていたのだ。

ふたりは駅の近く、髙島屋裏の繁華街でオーセンティック・バーを長らく営《いとな》んでいた。

兼田正太郎は竹林《ちくりん》の賢者《けんじゃ》のようなたたずまいだったので、常連客からは敬意をこめて「老師《ろうし》」と呼ばれ、慕《した》われていた。

老師は戦前生まれのわりに上背《うわぜい》があった。

短く刈ったゴマ塩頭《しおあたま》で、すっと背すじが伸び、口数はそれほど多くはなかったが、ふわりと軽やかな言葉の奥に、枯淡《こたん》のやさしさがあった。

川原マスターはバーテンダーに弟子入りしたことは一度もなかったが、老師だけは別格の存在だった。同じ二子玉川ということもあって、仕事で迷いが生じたときは、まずは老師の店に行き、カウンターに座ってカクテルを一、二杯飲んだ。

ただ、それだけのことだが、翌日からは見違えるように仕事に精を出せるのだった。

妻の千恵子は老師とは十五歳違い。

還暦《かんれき》近くとは思えぬほどの、みずみずしい美貌《びぼう》の持ち主だった。持ち前の明るさと洒落《しゃれ》っ気《け》で、切れ味鋭いジョークを飛ばしては客を笑わせていた。

凜《りん》とした千恵子の声を、マスターはいまでもふとした拍子《ひょうし》に思い出す。

カクテルの味はもちろんのこと、職人気質《かたぎ》で寡黙《かもく》な兼田老師と才気煥発《かんぱつ》でチャキチャキした千恵子の凸凹《でこぼこ》コンビの掛け合いを楽しみにやってくる客は多かった。

いま、バー・リバーサイドに集《つど》う五人もそんな馴染《なじ》みの客だった。

琉平がスニフターグラスに赤みがかった琥珀色《こはくいろ》の液体をゆっくりと注ぎ、グラスを周先生の目の前に滑《すべ》らせる。そうして、ずんぐりしたロケットのような形のコルドン・ブルーのボトルを静かに置いた。

先生がボトルに貼られたラベルを見つめながら、

「このお酒を飲むと、いつも千恵子さんのことを思い出すんです」

「……？」

琉平が首をかしげ、マスターも一瞬、怪訝《けげん》な顔をした。

「これです」

先生が、シンプルな白いラベルの上のほうを指《ゆび》さした。

そこには可愛《かわい》らしいツバメのマークがあった。

「あ、それ、マーテルのシンボルですよね」すかさず琉平が言った。

「ええ」

「マーテルの蒸留所で樽《たる》からコニャックを取り出そうとしたときに、ツバメが貯蔵庫《ちょぞうこ》の中を飛びまわったそうなんです。フランスではツバメは幸福の象徴《しょうちょう》なんで、このマークをラベルに付けることになったんですって」

得々《とくとく》としゃべる琉平をさらりと受け流し、やさしく微笑《ほほえ》んだ周先生は、

「千恵子さん、ツバメ、大好きだったです。わたしも興味あったから話が合って、整体しながら、よくツバメの鳴き声や渡りの話、しました」

その言葉を受けて、春ちゃんが、

「そうそう。あたし、千恵子さんがツバメとしゃべっているのを見かけたことあるわ」

「え?」

周先生が驚いて、右横に座る春ちゃんに向き直った。

マスターも琉平もほかのメンバーも静まりかえって、春ちゃんの次のことばを待った。

「老師とおふたりで日曜の夕方に、よく多摩川の河原を散歩してらっしゃったのよ。あたし、ランニングしてる最中に何度かお見かけしたわ」

と春ちゃんは遠い目をして、

「あるとき、千恵子さんの周りをツバメが何羽《なんわ》も何羽もくるくる舞っていたことがあったの。チュピチュピって鳴きながら群れ飛んでね。千恵子さんもチュルルって高い声を出して、こたえていた。ふつうツバメは興味のあるものに近づいてきても、すぐどこかに滑るように飛んでいっちゃうんだけど、そのときは違ったの。ツバメと千恵子さんはとっても仲良く見えたわ」

周先生はうなずいて、

「千恵子さん、家のベランダにツバメの子どもが迷い込んだことがあると言ってました。巣立《すだ》って間もない子ツバメが、まだちゃんと飛べなくて、ベランダに落ちてしまったそうです。不器用にバタバタしていると、親ツバメがすぐ近くまでやってきて、翼《つばさ》を大きく広げて羽《は》ばたきながら、『こうすればいいんだよ』って教えてあげたんですって」

「で、子ツバメはどうなったの？」

春ちゃんが心配そうな顔をして訊《たず》ねた。

「一所懸命、親のマネして羽《はね》を動かすうち、やっとコツをつかんで、なんとかベランダから飛び立ったそうです。そのあいだ親ツバメは、ずっと空の上で回りながら見守っていたそうです」

周先生はスニフターグラスからコニャックをひとくち飲んで、のどを潤《うるお》した。

そういえば……と、うどん屋の井上がいちばん奥の席から口をはさんできた。

「千恵子さん、カラスの鳴き真似《まね》も上手《うま》かったもんね。空に向かってカーカー言いながら歩いとる姿ば見かけたことのあるばってん、三羽のカラスが電線の上に舞い降りてきよってね。彼女の後《あと》ば、電線づたいにちょんちょんと、ずーっと追っかけて行きよったよ」

「たしかに、ちょっと不思議な力をもった方《かた》でしたねえ」

マスターが懐かしそうな顔をしてつぶやき、

「『狭い店の中で仕事してると、どこかにパーッと旅に出たくなっちゃうのよ』って、よくおっしゃっていました」

あのふたりはツバメみたいだったよね、とサッコが言い、

「いろんな国に行って、日本でなかなか手に入らないお酒、いつも買ってきてくれたもん」

「おかげで珍しいお酒を勉強できたからね」

マスターが襟《えり》を正すようにして、つぶやいた。

カウンターの窓の向こうで、雪がふわりふわりと舞い落ちるのが見えた。

対岸の街あかりが川面《かわも》に映《うつ》り、はるかな星のようにきらめいている。

五人の客とマスター、琉平はそれぞれの思いに沈み、つかの間《ま》、ひっそりとした青い静《せい》寂《じゃく》がバー・リバーサイドに広がった。

と、ギギッとドアの開く音がして、小雪《こゆき》まじりの風がいきなり吹き込んできた。

「……！」

扉に目をやったマスターが一瞬、つばを飲みこみ、ようやく口を開いた。

「ろ、老師……」

声が少し震えている。

みんな、一斉に入り口のほうに視線を注いだ。

そこには、ネイビーのピーコートを着た兼田正太郎がゴマ塩頭に雪をまばらにのせ、ちょっと恥ずかしそうな顔で立っていた。

頬《ほお》と顎《あご》には雪と見まがうばかりの白い髭《ひげ》。キャンバス地のトートバッグを右肩にかけ、厚手のブルージーンズに茶色のワークブーツがきまっている。

思わぬひとの出現に、店のなかがざわめいた。

琉平がカウンターを素早くくぐって老師のもとに駆けよった。

「さ、どうぞ、こちらへ」

L字型の短いカウンターのほうに老師をみちびく。

そこの二席は、大みそかの夜には誰も座らない。それはバー・リバーサイドに集《つど》う仲間たちの暗黙のおきてになっていた。

兼田老師は、マスターに軽く目礼《もくれい》した後、みんなの顔を一人ひとり見つめ、かすかに頬をゆるませた。

そして、トートバッグからエアークッションに包んだボトルを一本取りだし、琉平に手渡した。

押しいただくようにして、琉平が両手で受け取ると、

「きみも一人前《いちにんまえ》のバーテンダーになってきたようだね」

ちょっとかすれた声で言って、うなずいた。

琉平の頬にぽっと紅《べに》がさし、

「あ、ありがとうございます」

老師は顔の前で、いやいやというふうに手を振り、

「さっそく、みんなで、これを飲《や》りませんか」

＊　　＊　　＊

プチプチの包みから出てきたボトルを見て、マスターの目が見開かれた。

「これ、ジョニ赤のオールドボトルじゃないですか！」

ボトルを手にとって、しげしげと見つめ、ラベルやキャップを優しくなでた。

「なつかしいなあ。ボトルシェイプも今より少し円《まる》みがあって、柔らかい。高級感ありますよねえ。むかし、親父《おやじ》が応接間のサイドボードから引っ張り出してきて、大事そうにストレートで飲んでましたよ。あのころ、ジョニ赤はすごい贅沢品《ぜいたくひん》でした」

マスターの言葉に、老師は目を細めて、

「一九六〇年代に瓶詰《びんづ》めされたジョニ赤です」

こんどは琉平が恐るおそるボトルを手に取り、

「キャップがぜんぜん違いますね。ウイスキー特級ってラベルも貼《は》ってあります」

「千恵子の実家が店を閉めたときにもらったスコッチが、まだ残っていたんですよ」

と老師がこたえる。千恵子の家はかつて上野毛《かみのげ》で酒屋を営んでいた。

保存がよかったのか、コルク栓《せん》もぼろぼろになっていなかった。琉平はテイスティンググラスにジョニ赤を注ぐと、それを老師の前に置いた。

老師はゆっくりとグラスを回して香りをきく。

ウイスキーを少し口に含んで、かすかにうなずき、「OK」と言った。

続いて、マスターが試飲《しいん》する。最初は生《き》のままで、次に、ミネラルウォーターで1対1に割って、舌の上で液体を転がした。

「まったく今のジョニ赤とは違いますね。腰がしっかりして、キレがあるのに、ふんわり柔らかい。ピートの香りも上品。炭酸水で割るのがベストのような気がします」

マスターが一言ひとこと嚙《か》みしめるように言うと、老師が「よくぞ、わかった」という顔をして、滋味《じみ》深い笑みを浮かべた。

さっそくマスターは8オンスのグラスに氷をころんと入れ、ジョニ赤を注ぐ。

老師がマスターの鮮《あざ》やかな手さばきをじっと見つめる。

きんきんに冷やしたソーダでグラスを満たし、泡のはじける液面とグラスの接点にバースプーンの先端をつけ、そのバースプーンを伝わらせながらジョニ赤を優しく注いでフロートにした。

グラスの上のほうは濃い琥《こ》珀色《はくいろ》だが、徐々にグラデーションがついて、下のほうは明るい茶色になっている。

マスターはできあがったハイボールを真っ先に老師の前に、そして周先生、森、春ちゃん、サッコ、井上……と順番にグラスを置いていき、最後に、琉平と自分のぶんも作った。

井上がまずは一口《ひとくち》クッとあおった。

その瞬間、目をつむり、

「……こりゃ、腰の入ったハイボールや。芯の一本通っとる」

と吐息をもらす。

ぼくの親父もジョニーウォーカー信奉者《しんぽうしゃ》だったんだけど、と森が口を開いて、

「その理由がようくわかりました。ほろ苦くて甘い。まさに、おとなの味わいですよ。いままで飲んでいたハイボールはいったい何だったんだろ？」

声をうわずらせた。

「まさかボトルの中で熟成《じゆくせい》するわけないし……」

とサッコが首をかしげる。

「やっぱ、昔のほうが丁寧にお酒を造ってたってことかな？」

ひとくち飲んだ春ちゃんがつぶやいて、残ったハイボールを一気に飲みほす。

老師はみんなの感嘆する顔を眺めながら、仏《ほとけ》さまのような柔らかい笑みを浮かべた。

バーに落ち着きが戻ったとき、マスターが老師の方に向き直り、

「ところで、老師。いままでどうされていらっしゃったんですか？」

と訊《き》いた。

うん、とかすれ声で言って一拍《いっぱく》置き、

「旅に出かけていたんだ」

ハイボールのグラスをゆっくり持ちあげた。

「ずーっと……ですか？」と琉平。

「千恵子がいなくなってから、しばらくは何をする気にもならなかった。でも、ぼくがひとりで鬱々《うつうつ》してるのも、あっちにいる千恵子がきっと喜ばないと思ってね」

「そういえば、若いころは船に乗られてましたよね」

マスターのことばに老師は鷹揚《おうよう》にうなずいた。

横浜生まれの老師は、船を眺めて育ち、外国語大学を出て船会社に就職。船員時代は海の向こうの港みなとで飲み歩き、その後、酒の商社にスカウトされた。しかし、どうしようもなく自分がカウンターに立ちたくて、銀座のバーに弟子入りしたと聞いたことがあった。

八年の修業の後に独立。念願かなって、夫婦ふたりで店を開いたのだった。

「『あなたが生きている間にわたしの分も旅してちょうだい』って千恵子が言い残したんだ」

まるで横に妻がいるかのように、老師はだれも座っていない左隣の席をちらっと見て、微笑《ほほえ》みながら言った。ピンライトのあたったそのカウンターには、マスターの作ったハイボールがグラスに細かい霧《きり》を吹かせて、ちんと座っている。

「たしか、おふたりの出会いも海外でしたっけ？」

サッコが、カウンターの角《かど》近くに座る老師のほうに身を乗り出すようにして、訊いた。

兼田正太郎は、いや、まいったな、と頭をかき、

「あれは、ヴェネツィアだった。あいつがひとりでスプリッツを美味《うま》そうに飲んでいて

ね」

「スプリッツ？　何ですか、それ？」とサッコ。

「うん……ほら、そこの春ちゃんの飲んでるのに近いやつさ」

琉平が待ってましたとばかりに口を開いた。

「アペロールというオレンジ色がかった赤いハーブ・リキュールを、辛口の白ワインと炭酸水で割ったものです。美しい色合いですし、ほのかに甘酸《あまず》っぱく爽《さわ》やかなので、イタリアで人気のアペリティーボ、つまり食前酒《しょくぜんしゅ》ですね」

「じゃあ、昼間のバールにぴったりじゃん」サッコが言う。

「太陽が容赦《ようしゃ》なく照りつける、夏の昼下がりだった。迷路みたいな路地を歩きまわって、あんまりのどが渇《かわ》いたんで、リアルト橋の裏にあるバールに思わず飛び込んだ。そうしたら、そこに日本人の若い女性がいてね。しかも飲んでいたのがスプリッツ。『これは、よほどのヴェネツィア通《つう》だな』と思って、テーブルまで行って声をかけたんだ」

なるほど。そういうナンパかあ。やるなあ老師、とサッコは茶々を入れ、

「でも、どうして千恵子さん、そのときヴェネツィアにいらしたんですかあ？」

「千恵子はヴィヴァルディが好きでね。そのころ、ヴェネツィアの音楽大学に留学していたんだ」

「老師はそのとき何を……？」

「ん？　当時ぼくは洋酒を扱う商社のイタリア駐在員《ちゅうざいいん》だったんだよ。毎日毎晩、営業と称して飲んでばかりでね」

「一目惚《ひとめぼ》れってやつ？」

「うん。女房のね」

「またたあ」とサッコが突っこむと、老師が、にっと笑った。

「食べものや飲みもの、映画や音楽、好きな土地……話しているうちに、そういう趣味や嗜好《しこう》が不思議とぜんぶ合ったんだよ。これはただならぬ出会いだ、と直感した。ぜったい取り逃がしちゃいけないって」

「いいなあ。そういうひとと巡《めぐ》りあえて」

春ちゃんが羨《うらや》ましそうな顔で、横から口をはさんできた。

「お互い、旅好きだったからね。『渡り鳥のつがいだね』ってよく笑ったもんだよ」

千恵子は三代続く酒屋のひとり娘だった。

両親は婿《むこ》をとって店を継《つ》がせたがっていたが、千恵子はそれを拒絶し、帰国後すぐに、兼田正太郎と駆《か》け落《お》ち同然で結婚。イタリアで知ったバールの文化を自分たちでなんとか根づかせたいと思い、夫とふたりでバーを開いたのだった。

「千恵子さんといえば、わたし、やっぱりあのペペロンチーノのスパゲティーだなあ」

サッコが遠いまなざしになってつぶやいた。

ああ……千恵子マンマのペペロンチーノ！

と言って、春ちゃんが食いしん坊の顔になり、

「ちゃちゃっと作ってくれて、本場仕込みでおいしかったなあ」

「目端《めはし》がきいて、なんでもスピーディーだったよねえ。千恵子さんのアーリオ・オリオ・ペペロンチーノは、味も世界一だったよ」

「ペロペロチーノってなんね？」

うどん屋の井上が首をひねる。

サッコは食べもの雑誌の編集者の顔になって、

「アーリオはニンニク。オリオはオリーブオイル。ペペロンチーノは赤唐辛子《あかとうがらし》のこと」

と説明する。

「ああ。ニンニクの良《よ》かにおいのする、あんピリ辛《から》スパゲティーか。細くて腰のあって、飲んだ後《あと》に食べたら、また美味《うま》かったねえ。千恵子さんのパスタの茹《ゆ》で方も勉強になりよったっちゃ。こうやって喋《しゃべ》っとると、なんか食べとうなるなあ」

と井上は言い、マスターに向かって、

「じゃ、ペロペロ、じゃあのうて、ペペロンチーノお願いできるかい？」

いいですねえ、と森も周先生も諸手《もろて》をあげて賛成した。

「かしこまりました」

マスターが胸を張ってこたえると、老師が満面《まんめん》の笑《え》みを浮かべた。

＊　＊　＊

フライパンで油のはぜる音がして、おいしそうなニンニクの香りが立ち上がると、いやが上《うえ》にもみんなの食欲をかきたてた。

マスターは、茹《ゆ》で上げたパスタをさっと湯切《ゆき》りし、ニンニクスライス、唐辛子、オリーブオイルとともに、茹で汁を少しフライパンに入れ、手早くささっと炒《いた》めた。

そうして各自の皿に多からず少なからず、ちょうどいい加減の量を盛りつけていった。

「やっぱ細めのスパゲッティーはよかもんねえ。シコシコつるつるの食感は、麺《めん》の醍醐味《だいごみ》たい」

パスタをうどんのように啜《すす》りながら井上がいう。

老師はひとくち頬張《ほおば》ると、かすかにうなずき、マスターに向かって親指を立てた。

「小腹《こばら》のすいたこのタイミングで食べると、いっそうイケますねえ。素晴らしい年越しパスタですよ」

森がナプキンできれいに口をぬぐい、それを丁寧にたたみ終えると、右手で空《あ》いたグラスを持ちあげた。

「す、すんません……わがまま、言ってもいいですか?」

琉平が森のほうに向き直って、

「はい、大丈夫ですよう」にっこりする。

「あのう……まだ、ジョニ赤って、あります?」

琉平がボトルをチェックし、こくりとうなずくと、

「じゃ、じゃあ、もう一杯お代わり!」

了解です、と爽やかに応じて、琉平はさっそくメジャーカップではかり、ハイボールを作りはじめた。

「千恵子さんに教えてもらったんですが、ペペロンチーノのこと、イタリアでは『真夜中のスパゲティー』と言うそうですよ」

とマスターが森に向かって話しかけると、

「ちょうどこの時間帯にぴったりですもんね。ペペロンチーノにこのハイボール。ばっちりです」

言いながら、森は手帳を出して、素早くメモをとった。

シンプルだから奥が深いよねえ、とサッコが言って、

「イタリア人がいつもキッチンに置いてある食材でささっと作るでしょ？　まさに日本人にとってのお茶漬《づ》け感覚だよね」とつづけた。

「一筆書《ひとふでが》きみたいなものだね。シンプルゆえに、ごまかしがきかない」

老師が言葉をそえた。

「カクテルでいえば、水割りやハイボール」と琉平。

「またの名を絶望のパスタ」

と老師が言う。

「絶望の……？」サッコが眉《まゆ》をよせた。

「うん。ニンニクとオリーブオイルと唐辛子さえあれば作れるパスタだからね。食材を買う余裕のない絶望的なときでも作れる。『バー兼田』をはじめたときもお金がなくてね。食材費を切りつめて、フードメニューは最初ペペロンチーノだけにしたんだよ。千恵子はお嬢さん育ちでそれまで料理なんてやったこともなかったから、ぼくが手取《てと》り足取《あしと》りみっちり教え込んだ。船員時代にコックもしていたからね。今だから言えるんだけど、お客さんに食べてもらえるようになるまでは、じつは、けっこうたいへんだったんだ」

老師が懐かしそうに打ち明けた。

「へえ。知らなかった。あのペペロンチーノにそんな裏話《うらばなし》があったんだあ」

感じ入《い》った顔をしてサッコが言う。

「ひとりになってから、久しぶりに自分で作ってみたら、千恵子の味にはとうてい及ばなかった。でも、今日のマスターのはよくできてるよ。ニンニクのスライス加減も唐辛子の量も汁気《しるけ》のバランスもちょうどいい。食べものも飲みものも、誰かのために作るからこそおいしくなるんだ、とあらためて思ったよ」

老師が訥々《とつとつ》と話すと、マスターは恐縮して額に汗をにじませた。

こほん、と小さく咳払《せきばら》いして、老師がつづけた。

「……千恵子がいなくなって、これから何を支えに生きていけばいいのか、このままひとりで生きて、いったい何が楽しいのか、もう、まるでわからなくなって……」

マスターが新たにジョニ赤のハイボールを作って、老師の前にグラスをそっと置いた。

「家にいても店にいても、すべてのものに千恵子との思い出が染《し》みついている。なら、いっそのこと、みんな投げ捨てて旅に出ようと思ったんだ。あいつも『それがいいわ』と背中を押してくれている気がしてね」

老師は、ふたりでまだ行ったことのなかった土地へと向かった。

「でも、飯《めし》を食べても酒を飲んでも、散歩をしても、ライブを聴いても、バーで知り合った外国人としゃべってみても……どこにいても何をしても、四六時中《しろくじちゅう》、千恵子を思い出さないときはなかった。

ぼくの中にあいつが棲《す》みついていて、まるで巴《ともえ》の文様《もんよう》みたいに分かちがたいってことに、やっと気づいた。どこに旅をしても、結局、自分からは逃《のが》れられない。それと同じことなんだって」

ならば、むしろ、ふたりの思い出の土地に行ったほうが心が休まるんじゃないか、生きている間に地球の果てまで千恵子と旅をしよう、と決めたのだった。

若いころにふたりで旅した南イタリアやシチリア、ポルトガルやアイルランドを巡《めぐ》り歩いたが、千恵子のお気に入りだった形見《かたみ》の腕時計を肌身《はだみ》はなさず持ち歩いた。

その時計は、結婚十周年の記念日に老師がプレゼントしたものだったのだが、彼女の亡くなったその時刻にぱたりと動かなくなってしまっていた。

時計屋で見てもらったが、どうしても故障箇所《かしょ》がわからない。メーカーに送ってチェッ

* * *

クしてもらっても、とくに不備はないということだった。

いつか何かの拍子《ひょうし》にひょっこり動き出すかもしれない。気分屋だったあいつによく似てる、と微笑《ほほえ》んで、老師は彼女の時計とともに旅をつづけた。

そんなある日、新婚旅行の思い出の土地、フロリダのキー・ウエストのバーで、フローズン・ダイキリに口をつけたときだった。

時計の針がとつぜん動きだしたのだ。

止まっていた彼女の胸がふたたび鼓動《こどう》を打ちはじめたようで、老師は気が動転《どうてん》し、はげしくむせてしまった。

この光の土地で輝くような笑顔をふりまいていた千恵子の顔と、冬の病室で息がしだいに間遠《まどお》になり透き通っていった彼女の姿が、頭のなかで明滅《めいめつ》した。

ちょうどそのときだった。

一羽のツバメが風をきってあらわれ、静かに羽ばたきながら、空中でホバリングしたのだ。

ツバメは小首《こくび》をかしげ、つぶらな瞳で老師を見つめる。

なぜか懐《なつ》かしい思いにかられて、老師もツバメを見つめかえした。

ツバメがピチュピチュ、ピチュとさえずる。

不思議なことに、その声の意味あいが老師のこころに、水が染《し》みわたるように伝わってきた。

「ねえ、海を渡って、キューバに行こうよ」

からだのわりに大きなツバメの翼が、やわらかいカリブの風を美しくはらんで、黒く光っている。

こころの奥にダイレクトに響《ひび》くその声は、たしかに千恵子のものだった。

まるで金縛《かなしば》りにあったように、老師は身動きひとつできずにいたが、

「本場のキューバで美味《おい》しいラム酒、飲みにいく約束でしょ？」

さらにツバメがあかるく訊いてきた。

「そういえば、この店でダイキリを飲んだとき、水平線の向こうに渡って、本場のラムを味わってみたいと言っていたね」

目の前に広がる青い海を見つめ、千恵子はこのキー・ウエストの景色と同じくらい光に満ちた声で言ったのだった。

風にさらさら揺れた栗色《くりいろ》の髪やうっすら日に焼けた横顔が、昨日のことのように蘇《よみがえ》ってくる。

「ダイキリもモヒートも、わたしの好きなカクテルはみーんなラム・ベースだもん。いま

から、ちょうどブラジルに渡るところなの。あなたとキューバに行くのが夢だったの」

「いつか一緒に行こうって約束したよね」

「そうよ。あとでキューバで落ちあいましょうよ」

老師はやさしく微笑みながら、うなずき、

「きみは、ほんとに千恵子……？」

ツバメは小さくうなずいた。

「この姿になる前はね」そう言って、ちょっと目をパチパチさせ、

「まだ生まれ変わる前の記憶が残っているの。だから、とっても苦しいの。でも、おかげで、あなたを見つけることができたわ」

複雑な顔を見せながらも、うれしそうに言った。

「そうだったんだね……」

言葉が続かなかった。

胸がはちきれそうだった。

湿っぽくなりそうな空気を振りはらうように、ツバメはあかるく笑い、

「生前《せいぜん》の行《おこな》いがよければ、神さまはそれぞれのたましいに、何に生まれ変わりたいかって訊いてくれるのよ。人間以外なら、けっこう自分の好きなものに生まれ変われるの」

「そうかあ」老師も調子を合わせた。

「でも、転生前《てんせいまえ》の記憶はスパッとなくなるわけじゃないのよ。雪が溶けていくように、ゆっくりゆっくり消えていくの。思い出をしっかり刻んでおかなくちゃと心していても、知らずしらずのうちに忘れてしまう……」

ちょっと哀《かな》しそうな顔をして、うつむいた。

が、次の瞬間、水平線の方をきっと見つめ、

「じゃ、キューバの東。サンルイスの町はずれの川べりで会いましょう。サトウキビのみどりが風に揺れる美しいところだと、仲間が教えてくれたわ」

仲間……。

そのことばに言いようのない寂《さび》しさをおぼえ、いたたまれなくなった。

ツバメはくるっと頭《こうべ》をめぐらしたかと思うと、傾いた日射しに白いお腹《なか》を染め、老師を残して、みるみるうちに海のほうへ飛び去っていった。

「サンルイスって、キューバのどのへんかしら?」

春ちゃんがつぶやくと、琉平がカウンターの陰からさっとパソコンを取り出し、

「えーと。スペルはSan Luisでよろしいですか?」と老師に訊《き》く。

「うん。あってる。サンチャゴ・デ・クーバの北だよ」

グーグルマップで検索《けんさく》し、地図を老師に確認すると、まさにここだ、とこたえる。

「メキシコからハバナに入って、そこから旧ソ連製のぽんこつ飛行機に乗り継いで、二時間のフライトで古都サンチャゴ・デ・クーバに着いたんだ」

「ツバメやったらキー・ウエストからサンルイスまで一直線やのに、人間は遠回りせんといかんのやねえ」

井上がマップを見ながら、ため息をついた。

老師はライトグリーンの古いキャデラックを借りて、北に向かった。

乾いた道からは盛大に砂埃《すなぼこり》が舞い上がる。すれ違う車はほとんどなく、馬車がのんびりと往《い》き来《き》していた。

車の冷房は完璧《かんぺき》に壊れていた。

窓を開けると、容赦《ようしゃ》なく砂埃が入ってくる。

バンダナで鼻と口を覆《おお》ったが、それでも口の中がじゃりじゃりする。ビールで洗い流すしかないと思いながら車を走らせるうち、街角《まちかど》からトレスの音が聞こえてきた。

千恵子の好きだったキューバの弦楽器の音色《ねいろ》だった。

思わず、音のするほうを目で探すと、椰子《やし》の木陰《こかげ》に、壁一面がピンクに塗られた小さなトローバ・ハウス（歌酒場《うたさかば》）がたたずんでいる。

木製の扉を押して、中に入ると、一〇人も入ればいっぱいになりそうな客席と二畳ほどの狭いステージがあった。ステージでは三人の中年男がそれぞれギターとトレス、クラベスを演奏し、数人の客はみんな缶ビール片手に足を踏みならしたり、バンドの音に合わせて歌いながら踊っている。

木曜のまだ朝十時である。こんな時間から酒を飲み、歌をうたう姿になんだかうれしくなった。東洋からのとつぜんの訪問者に店のおやじたちは、ここに座《すわ》れと小さな椅子《いす》を引っ張り出してくれた。が、まずはカウンターで缶ビールをもらい、立ちながらのどを鳴らして飲んだ。

ビールは美味《うま》かった。しかし砂埃は流れない。のどに貼りついたままだ。

黒いTシャツに白いハーフパンツの男が「なら、これがいい」と、ポリバケツに入った液体をトタンの柄杓《ひしゃく》ですくい、蓋《ふた》を切り取ったビールの空き缶にじゃぼじゃぼと注いでくれた。

「遠来《えんらい》の客にたっぷりサービスしとくぜ」

顎《あご》をしゃくって、ウインクした。

老師はグラシャスと言い、注がれた酒をこぼさぬよう、口の方から迎えにいった。

グッと飲む。

粗削《あらけず》りなサトウキビの精《せい》が、のどから食道を通り、胃の腑《ふ》にするすると滴《したた》り落ちていく。と、砂埃は跡形もなく消え去り、からだの中に何かがふわっと羽ばたく気配《けはい》があった。

これが、千恵子の飲みたがっていたキューバのラムか……。

缶の中をのぞくと、透明だと思っていた液体は、ほんの少し濁っていた。

もうひとくち飲む。

やわらかな口当たりだが、肚《はら》のすわった翳《かげ》りが、ボディブロウのように効《き》いてくる。艶《つや》やかなのに哀しく苦い影があった。颪にざわめくサトウキビと土のにおいがした。

缶の三分の一ほどを飲むと、いきなり、クラッときた。

ああ、早く川に行かねば……。

「この近くに川はありますか？」

ふらつきを気取《けど》られぬよう、背すじを伸ばして、ラムをおごってくれた黒Tシャツの男に訊いた。

「町はずれに川が流れてるよ」

「ツバメはいるのかな？」

「うん。よく見かけるさ。あの川にゃあ、たくさん来るからね。明け方や夕方の塒《ねぐら》入りのときは、群れでたくさん飛びまわっているよ。あんた、そこに行きたいのかい？」

「ええ」

男は、じゃあ道を教えてやろう、とラム酒をひと息に飲みほして、あらたに酒を注ぎ、

「しかし、あんたも変わったやつだね」

にこっとして、缶のラム酒を片手に、キャデラックの助手席に乗り込んできた。

よく見ると、男は丸顔で黒目《くろめ》がちのつぶらな瞳が可愛く、笑うと口が大きく左右に広がった。Tシャツのお腹《なか》がぷっくりして、少し酔いの回った老師にはどことなくツバメを思いおこさせた。


みどりの椰子林《やしばやし》を縫うように、川はゆったりと流れていた。

ハイビスカスやブーゲンビリアの花々が咲き乱れ、川面《かわも》にはたくさんの羽虫《はむし》が乱舞している。朽《く》ちかけたような橋が架かり、川べりには小さな四阿《あずまや》が建っていた。

男がパンツのポケットからしわくちゃになった煙草《たばこ》を二本取り出し、一本を老師にすすめて、

「あそこで飲みながら、待とうか？」

マッチで火をつけながら言う。

群青色《ぐんじょういろ》の空には綿《わた》のような雲が点々と浮かんでいる。

陽《ひ》の光がときおり雲にさえぎられると、気持ちのいい風が吹いた。

光と影の織りなす川辺の景色を眺めながらラム酒を飲んでいると、急速に酔いがまわって風景が揺らぎはじめ、しだいに自分がどこにいるのか、わからなくなってきた。

と、そのとき、一瞬小さな影が素早いスピードで老師の顔をよぎった。

チュルチュル、ルリルリ、ジー。

仰《あお》ぎ見ると、一羽のツバメが翼を弓形《ゆみがた》に広げ、風にのって美しい弧《こ》を描き、橋のほうに向かっていった。

足もとをふらつかせて転びそうになりながら、老師はツバメの行方《ゆくえ》を追って四阿《あずまや》を飛び出した。

橋の半《なか》ばまでやってくると、その上で旋回《せんかい》していたツバメが、羽《はね》をすぼめて急降下し、老師の傍《かたわ》らを音もなく滑っていった。

「チチッ、チチッ、チチチ。ちゃんとキューバに来てくれたのね」

ツバメの声が胸に染みとおってきた。

「途中、つい寄り道してしまって……」

ふたたび上空に翔《か》けあがったツバメは、こんどはゆっくり舞い降りてきて、

「大丈夫よ。わたしはたくさん羽虫を食べられたし。あなたは本場のラムが飲めて、よかったわね」

「キューバのラムがこんなに美味《うま》いとは思わなかったよ」

「わたしも飲みたいなあ」

そう言って、老師のすぐ目の前に来て、翼を広げてホバリングする。

ツバメが瞬《また》くと、その黒くつぶらな瞳がとても愛くるしかった。

あわてて四阿を飛び出した老師の右手には、ラム酒の入った缶が握られていた。

そうだ……。

少しだけラム酒を口に含んだ。

と、それをじっと見ていたツバメが、羽ばたきながら小さなくちばしを寄せ、老師にそっとくちづけした。

＊　　＊　　＊

周先生は老師の目を見て、心のこもった表情で黙ってうなずいた。

「笑わないでほしいのだけど……」

老師はちょっと視線をめぐらして、言いよどみ、

「その瞬間にぼくもツバメになったんだ。それから、しばらく千恵子と一緒に川の上を飛びまわっていたんだよ」

青く澄みきった空とそのブルーを映した川面《かわも》を思い浮かべ、ちょっと夢みるような表情になった。

春ちゃんは淡々と、

「フツーに現実と感じているものって、じつはそう思い込んでるだけなのかもしれない。夢と現実の違いなんて、きっとだれにもわかりはしないわ」

「そうだよ。主観的《しゆかんてき》真実こそ大事なんじゃない？」サッコが同意した。

「子どもの心を忘れてしまったひとが、世界を無味乾燥《むみかんそう》なものにするんです。それが、おとなになることだと勘違《かんちが》いしてね」

と少年のような目をして、森が言う。

そん通《とお》りばい、と井上が相づちをうって、老師のほうに身を乗りだし、

「それから、どうなったとね？　聞きたかあ」

老師はちょっと眩《まぶ》しそうな顔をしたが、

「……うん」

ふたたび口を開いた。

ツバメになった老師と千恵子は、くねくねと蛇行《だこう》する川の上をどこまでも飛んでいった。水面すれすれを飛ぶと、千恵子は「ほら、思いっきり大きく口を開けて」と言った。言われたとおり、口を広げて飛んでみると、小さな虫がどんどん入ってくる。

「餌《えさ》をとるのも飛びながらよ」

そう言うと、翼で川の水をさっと切って、からだに浴びた。

「シャワーも、ね、この通り」

亜熱帯の森の緑に染まりながら、空を滑るように飛び、クイックターン。宙返《ちゅうがえ》りをして真《ま》っ逆《さか》さまに時速200キロで急降下。ふたりは夢中になって遊んだ。

「渡りのときは、どうやって眠るんだい？」

風に乗りながら老師が訊くと、

「飛びながら眠るのよ。夜は頭の半分は眠っていて、もう半分は起きているのよ」

「イルカみたいだね」

「おまえたちは飛ぶために生まれてきたんだ、と神さまがおっしゃったわ。ツバメになってから、わたし、明日のことをあれこれ思い迷わなくなった。いま、この瞬間に身をまかせているの」

「先々《さきざき》の計算をして生きるのは人間だけかもしれないな」

「私たち、設計図をかいて巣をつくったりしないからね。でも……まだ完璧にツバメになりきれてなくて、ときどきふっとあなたのことを思い出してしまうの」

胸がしめつけられた。

「忘れたい。けど、忘れられない。忘れることがつらい。矛盾《むじゅん》した思いを行きつ戻りつしているの」

「ぼくも、そうさ……」なんとか言葉になった。

「でもね、渡りをするうちに、たくさんの仲間がタカに襲《おそ》われたり海に落ちたりして、旅の途中で命を落とすのを見たわ。さっきまで気持ち良さそうにすぐそばで飛んでいたのに、突然いなくなってしまう。でも、悲しい思いに沈んでいると、その隙《すき》を狙《ねら》われて今度はわたしが襲われるかもしれない。だから自分のペースを守って、風を読んで翼を広げたわ」

そうするうちに、千恵子は記憶への執着《しゅうちゃく》がしだいに薄れていった。

自らを手放して風にふわりと乗るときのように、運命の流れに身をゆだねることを覚えていったのだ。

「泣いても笑っても一生よ。いずれ死ぬときはやってくるんだから。でも、それがいつなのかは神さまだけが知っている。だったらすべてお任《まか》せして、ツバメはツバメらしく軽々《かるがる》と空を飛んでいればいい。わたしは楽しいから飛んでいるだけ」

「きみがいなくなってから、ぼくは生きることを楽しんでいなかった……」

「そんなふうにしてると、どんどん闇《やみ》に吸い込まれていくわ」

「死んだらすべて終わりなんだ、と虚無的《きよむてき》になっていた」

過ぎ去ったことにとらわれていてはダメ、と言ってツバメは頭を下に向け、

「命は、川のようにずっと流れているのよ」

くちばしで緑の川をさして、

「たましいに終わりはないわ。兼田千恵子はわたしの抜け殻《ぬけがら》なの」

「抜け殻?」

「さなぎが蝶《ちょう》になるように、わたしはツバメになったの。外見は変わっても、たましいは変わらない。ただ、ヒトだった頃の楽しかったこと、せつなかったことは、どんどん遠い景色になって透きとおっていくわ」

「……………」

「死んでも、違うかたちで生まれ変わるの。ヒトとしてできなかったことは、ツバメとしてやればいい。こうすればよかった、ああすればよかった、なんて思うことはないのよ」

ツバメがそよ風のようにやさしく言った。

「…………」

肩の力がふっと抜け、思わず涙がこぼれそうになった。

「もう少し経《た》ったら、前世《ぜんせ》の記憶も、もっとまろやかになるはずなの。そうね、サトウキビから生まれたのに、そのサトウキビをあからさまに感じさせない、さらりとしたラム酒みたいにね」

＊　＊　＊

気がつくと、夕暮れだった。

いつしか老師は橋の真ん中で眠りこけていた。

水辺の空気はひんやりとして、川は黄金色《こがねいろ》に輝いている。

川まで案内してくれた黒Tシャツの男の姿も見えなかった。

「ねぐらに帰るツバメの群れが、高い声で鳴きながら周りを飛びまわっていたんだ。でも、目を凝《こ》らして見ても、千恵子がどこにいるのか、もうまるでわからなかった。そのとき、何かやっと吹っ切れた気がしてね、そろそろ東京に戻ろうと思ったんだ」

老師が淡々とした口調でそう言うと、マスターが、

「よかったですね。キューバに行って」嚙《か》みしめるように言った。

サッコは少し目を潤《うる》ませ、

「千恵子さん、多摩川にも渡ってこないのかな」とつぶやく。

「たましいの深いところで、きっと、通じ合っているのですね」

周先生は目をつむって、子どものころ台南《タイナン》の川辺で眺めたツバメの姿を思い出していた。

バー・リバーサイドの窓の外では小止《おや》みなく雪が降っている。

河川敷《かせんじき》にも雪が積もり、川辺は仄白《ほのじろ》いひかりに包まれていた。

「うちのオバアが言ってました。たましいは電波みたいにアッという間に飛んでくるって。夕映《ゆうば》えのサンルイスから雪景色の二子玉《にこたま》なんて、それこそ一瞬ですよ」

琉平が真面目な顔で言う。

とつぜん森がスツールから立ちあがり、少し申しわけなさそうに頭を下げた。

「老師のお話、心に染《し》みいりました。夫婦についていろいろ考えさせられました。もっとご一緒したいのですが、妻が待っていますので、そろそろお暇《いとま》いたします」

「お、わたしも……。うちのも首を長《なご》うしとりますけん」

と井上も立ちあがって、森とふたり、「どうぞよいお年を」と丁寧に挨拶《あいさつ》をして去っていった。

腰をあげてふたりを見送った老師が、そうだ、と手を打ち、

「もうひとつ、酒があったんだ。みんなでカウントダウンに飲みましょう」

トートバッグから、あらたに一本のボトルを取り出した。

「キューバの橋の上で目ざめたとき、これがそばに置いてあったんだよ」

言いながら、ごく普通の丸い透明瓶《とうめいびん》をマスターに手渡した。

中には、黄金色の液体が入っている。

「道案内してくれた男からのプレゼントですかね？」

マスターが首をかしげながら言い、ボトルを琉平に差しだした。

「いやあ……なんせ、すっかり酔いつぶれていたからね」

と老師がこたえると、琉平がボトルを手にして、

「栓《せん》を開けたとたん、中から白い煙が出てきて、あっという間に百年後にワープしたりして」

冗談めかして言いながら、まずは二つのテイスティンググラスに酒を注いだ。

老師とマスターは口に含んだ瞬間、同時に眼をみはった。

「熟成したラム酒だ。極上《ごくじょう》のやわらかさだよ」

老師がため息をつき、

「サトウキビのおもかげはまったくありませんね。上質《じょうしつ》のコニャックのようです」

マスターが応じて、琉平にグラスを渡す。

琉平はひとくち飲んで、

「きっと浦島太郎が龍宮《りゅうぐう》で飲んでいた酒ですよ」白い歯を見せた。

カウントダウンにうってつけの酒だね、とマスターが言い、

「みんなでこれを飲《や》りましょう。老師、飲《の》み方はどうしますか？　やはりストレート？」

「うーん……それぞれ好きなように飲もう。ストレート、ソーダ割り、ホット……」

そこまで言って、老師はちょっと言葉を切り、

「一つだけ、みんなにお願いがあるんだ。キューバの緑の中を流れる川を想像して飲んでもらえるかな？　千恵子が、自由に生きることを教えてくれた、あの川を」

ちょっと恥ずかしそうに言った。

「その飲み方に、名前をつけましょうよ」琉平が提案した。

「『リオ・リブレ』というのはどうだろう？」とマスター。

「リオ・リブレ？」琉平が首をひねる。

「リオは川。リブレは自由。キューバの川をイメージして、自由なスタイルでラムを飲む。それをリオ・リブレと呼ぶ」

そう言いながら、マスターは老師と自分のためにラム酒のストレートを作った。琉平はソーダで割って、春ちゃんはホット・ラム、周先生はストレート。サッコはコーラ割りをオーダーした。

「さっきお土産に持ってきた台湾バナナを焼いて、このラムに合わせません？」

周先生が言うと、

「いいですねえ」と琉平がこたえ、さっそくバナナをスライスする。

バターを敷いたフライパンで軽く焦《こ》げ目をつけ、ラム酒を振りかける。黒糖《こくとう》、シナモンをまぶし、マッチで火をつけ、フライパンをゆらす。

炎が消えるのを待ち、香ばしいかおりのする焼きバナナを、琉平はみんなに取り分けた。

「千恵子さんのリオ・リブレ、どのようにお作りしましょう？」

マスターが老師に訊く。

「うん。オン・ザ・ロックを」

承知いたしました、とマスターは言い、ロックグラスに大きめの氷を一つ入れ、上から明るい黄金色の液体をゆっくり注いで、やさしくステアする。

そうして、老師の左の席にグラスを静かに滑らせた。

琉平が腕時計に目をやって、

「あと、三分で新年です」

うれしそうに言う。

「なんだか、この三分が長いのよねえ。年を越すとはよく言ったものよ。ほんと、今年と来年の間には深い川が流れているわ」

春ちゃんがホットラムを見つめながら、口を開く。

それぞれのこころの時計が静かに一秒、一秒を、刻《きざ》んでいった。


「新年おめでとうございます！」

「ハッピー・ニュー・イヤー！」

口々に言い、店内の照明が明るくなって、乾杯した。

「年を越えて、みんな、古い殻《から》を脱ぎ捨てましたね」

周先生はしみじみとグラスを傾け、

「今年こそ、神さまにおまかせいたします」

焼きバナナをつまんで、サッコが念《ねん》じるように言うと、

「あんた。まずは一所懸命、脚本を書く努力してから言いなさいよね。命がけの精進《しょうじん》があってこそ、最後に『おまかせ』はあるのよ」

春ちゃんが厳しく、でも、優しいまなざしでサッコを見つめる。
「苦い酒ほど、噛みしめれば美味《うま》くなる。きっと、これもそうだったんだね」
老師が黄金色の液体を見つめて、ささやくように言う。
と、だれもいない隣の席で、オン・ザ・ロックの氷が、小さくカランと鳴った。
いつしか雪もやんだようだ。
バー・リバーサイドの窓からは、うっすらと雪化粧をした川景色が見えた。
街のあかりも、きれいに透きとおっている。
マスターはそっとグラスを上げて、小さく祈《いの》った。
自由の川を、みんなが、見つけられますように……。

〈参考文献〉
『陶淵明』釜石武志著（角川ソフィア文庫
ビギナーズ・クラシックス 中国の古典）

本書は、書き下ろし作品です。
物語はフィクションであり、
実在の人物・団体等とは一切関係ありません。

プロデュース 吉村有美子

ハルキ文庫

よ 9-1

バー・リバーサイド

著者 吉村喜彦《よしむらのぶひこ》

2016年11月18日第一刷発行

発行者 角川春樹

発行所 株式会社角川春樹事務所
〒102-0074 東京都千代田区九段南2-1-30 イタリア文化会館

電話 03(3263)5247(編集)
03(3263)5881(営業)

印刷・製本 中央精版印刷株式会社

フォーマット・デザイン 芦澤泰偉
表紙イラストレーション 門坂 流

ISBN978-4-7584-4052-3 C0193 ©2016 Nobuhiko Yoshimura Printed in Japan
http://www.kadokawaharuki.co.jp/[営業]
fanmail@kadokawaharuki.co.jp[編集] ご意見・ご感想をお寄せください。

吉村喜彦の本

『ビア・ボーイ』

売らねば帰れぬ、東京へ——
働くすべての人に贈る、
ビール営業マンの奮闘を描いた青春小説。
オレが変われば世界も変わる！

［解説］渡邊直樹

『ウイスキー・ボーイ』

それって、偽装ですよね——
会社の「ウソ」を知ったとき空気を読むか？
自分を信じるか？
ウイスキーの宣伝部を舞台に描く
痛快で爽快なエンターテインメント。

［解説］池上冬樹